햄릿
Hamlet

햄릿

초판 1쇄 발행 2014년 11월 20일

지은이 윌리엄 셰익스피어
옮긴이 박상곤
펴낸이 한승수
펴낸곳 온스토리

편 집 고은정 신주식
마케팅 심지훈
디자인 오성민

등록번호 제2013-000037
등록일자 2013년 2월 5일

주 소 서울특별시 마포구 연남동 565-15 지남빌딩 309호
전 화 02 338 0084
팩 스 02 338 0087
E-mail moonchusa@naver.com

ISBN 978-89-98934-24-8 04800

온스토리 세계문학 011

햄릿
Hamlet

윌리엄 셰익스피어 지음·박상곤 옮김

윌리엄 셰익스피어

차례

등장인물

햄릿 덴마크 왕자

덴마크 왕 햄릿의 숙부

유령 덴마크의 선왕, 햄릿의 아버지

거트루드 덴마크의 여왕, 햄릿의 어머니

폴로니어스 덴마크의 재상

레어티즈 폴로니어스의 아들

오필리아 폴로니어스의 딸

레이날도 폴로니어스의 하인

호레이쇼 햄릿의 친구이자 학우

로젠크란츠와 길든스턴 궁정 신하이자 햄릿의 옛 학우

볼티맨드와 코넬리어스 노르웨이로 보낸 사신

마셀러스, 바나도 왕의 근위대원, 햄릿과 호레이쇼의 친구이자 학우로 보임

프란시스코 왕의 근위대원

오즈릭 궁정 신하

배우들 서막, 극중 왕, 밥티스타, 루시아너스 배역을 맡음

포틴브라스 노르웨이 왕자

부대장 포틴브라스 군대 소속

광대 두 사람 무덤 파는 인부와 그의 친구

전령 두 사람

선원

사제

사신 영국 사신

귀족들, 군인들, 수행원들, 하인들, 레어티즈의 추종자들

※ 등장인물 참고 : 왕은 처음 등장하는 지문에서 클로디어스로 불리나, 극중 대사에서는
    언급되지 않으므로 관객들은 그의 이름이 클로디어스인지 모른다.

제1막

1막 1장[1)

장면 1

바나도와 프란시스코, 보초 두 명 등장　　　　　만난다

바나도 거기 누구냐?

프란시스코 아니, 내가 묻겠다.

멈춰서 너의 신분을 밝혀라!

바나도 국왕 전하 만세!

5　**프란시스코** 바나도?

바나도 그래.

프란시스코 제 시간에 꼭 맞춰 왔군.

바나도 막 자정을 알리는 종이 울렸어.

어서 가서 자게, 프란시스코.

10　**프란시스코** 교대해 줘서 정말 고맙네. 지독히도 춥군.

마음까지 울적해질 정도야.

바나도 근무 중에 별일은 없었나?

프란시스코 쥐새끼 한 마리 얼씬 안 했어.

바나도 그랬군. 어서 가 보게.

15　호레이쇼와 마셀러스를 만나거든,

나와 같이 보초를 서야 하니 서두르라고 전해주게.

---

1)　**장소** 덴마크 엘시노어 성의 망대.

호레이쇼와 마셀러스 등장

프란시스코 누가 오는 것 같은데? 멈춰라!
거기 누구냐?

호레이쇼 이 나라의 친구지.

20   **마셀러스** 덴마크의 충실한 신하이기도 하고.

프란시스코 그럼 수고하게.

마셀러스 아, 잘 가게, 군인 중의 군인, 프란시스코.
그런데 누가 교대했지?

프란시스코 바나도가 교대했네. 그럼 수고하게.

프란시스코 퇴장

25   **마셀러스** 어이! 바나도!

바나도 여, 이런, 호레이쇼 아닌가?

호레이쇼 그렇다네.

바나도 어서 오게, 호레이쇼. 잘 왔네, 마셀러스.

마셀러스 그런데, 오늘 밤에도 그게 나타났나?

30   **바나도** 아직은 아무것도 못 봤네.

마셀러스 호레이쇼는 우리가 헛것을 봤다는 거야,
도무지 내 말을 믿으려 하질 않아.
우리가 그 소름끼치는 모습을 두 번이나 봤는데도 말이야.
그래서 오늘 밤 우리와 함께 가서

35   한숨도 자지 않고 보초를 서자고 했다네.
그 유령이 다시 나타난다면

호레이쇼도 우리가 본 걸 믿을 테고

유령에게 말을 걸어볼지도 모르지.

호레이쇼 나 참, 유령 같은 건 나타나지 않을 걸세.

40 **바나도** 잠깐 앉아 보게.

우리가 이틀 밤이나 똑똑히 본 걸

얘기해 줬는데도 전혀 들으려 하지 않으니

자네의 막힌 귀를 다시 한 번 뚫어 줘야겠네.

호레이쇼 그러면, 다들 앉아 보세.

45 어디, 버나도가 뭐라고 하는지나 들어 보자고.

바나도 바로 어젯밤이었어.

저기 북극성 서쪽에 보이는 저 별이

궤도를 벗어나 저쪽 하늘을 비추면서

지금처럼 이렇게 반짝이고 있을 때, 마셀러스와 내가,

50 그때 마침 종이 한 시를 알렸고—

마셀러스 쉿! 가만있어 보게.

유령 등장

저것 봐, 그게 다시 나타났어.

바나도 돌아가신 왕과 똑같은 모습이야.

마셀러스 자네는 학자[2]잖아, 호레이쇼. 말을 좀 걸어 봐.

---

2) 유령에게 말을 거는 방법을 알 정도로 학식이 높은 사람. 당시 유령은 누가 말을 걸지 않으면 말을 할 수 없는 것으로 여겼다.

55 **바나도** 선왕의 모습 그대로 아닌가? 잘 보게, 호레이쇼.

호레이쇼 정말 똑같군. 너무 무섭고 놀라서 오금이 저려.

바나도 말을 걸어주기를 바라는 것 같아.

마셀러스 말을 걸어보게, 호레이쇼.

호레이쇼 너는 무엇이기에 이런 한밤중에,

60 땅에 묻힌 덴마크 왕께서 살아생전 즐겨 입으시던

고고하고 늠름한 갑옷을 입고 이곳에 나타 났느냐!

하늘의 이름으로 명령하니, 어서 대답하라!

마셀러스 기분이 상한 모양이야.

바나도 저것 봐, 총총히 돌아가잖아.

65 **호레이쇼** 멈춰라! 말해라, 말해!

명령이다, 말해라!   유령 퇴장

마셀러스 대꾸도 하지 않고 가버렸어.

바나도 어때, 호레이쇼? 자네 떨고 있군. 안색도 창백하고.

이제는 우리가 헛것을 봤다고 생각하지 않겠지?

70 그래, 자네 생각은 어떤가?

호레이쇼 신께 맹세코, 내 두 눈으로

직접 보고 확인하지 않았다면

믿지 못했을 거네.

마셀러스 선왕의 모습 같지 않던가?

75 **호레이쇼** 자네가 자네인 것처럼, 유령도 똑 닮았더군.

저 비열한 노르웨이 왕과 전투를 했을 때에도

선왕께선 바로 그 갑옷을 입으셨지.

저 찌푸린 얼굴, 교섭을 하다가 화가 나서

썰매 탄 폴란드 놈들을 빙판에서 박살냈을 때도 저랬었지.

80 해괴한 일이로군.

마셀러스 전에도 두 번이나, 꼭 지금 같은 한밤중에

당당히 갑옷을 걸치고 우리 초소를 지나갔어.

호레이쇼 이 상황을 어떻게 이해해야 할지 알 수 없지만,

대충 내 머릿속에 떠오르는 생각으로는

85 우리나라에 무슨 변이라도 일어날 징조 같아.

마셀러스 자, 그럼 앉아서 누구 아는 사람이 얘기 좀 해주게.

도대체 왜 이렇게 삼엄하고 철통같이 경계하면서

이 땅의 백성들이 밤마다 고역을 치러야 하는지 말일세.

또 무엇 때문에 쇠라는 쇠는 다 모아서 대포를 만들고

90 외국에서 전쟁 물자를 사들이느라 야단인 거지?

왜 조선공들을 징발해서

쉴 틈도 없이 혹사를 시키는 거지?

지금 무슨 일이 벌어지고 있기에 이렇게 혹사당하면서

밤낮없이 일을 해야 하는 건가?

95 누구 내게 말해 줄 사람 없나?

호레이쇼 내가 말해 보겠네.

어쨌든 떠도는 소문은 이렇다네. 승하하셨지만,

방금 우리 앞에 모습을 나타내셨던 선왕 말일세.

자네들도 알다시피 노르웨이의 오만방자한

100 포틴브라스 왕이 우리 선왕에게 도전을 한 적이 있었지.

세상 사람들이 모두 그분을 그렇게 생각하듯이,

용맹한 우리 선왕께서는 그 전투에서

포틴브라스의 목을 베어 버리셨고,

기사도 관례에 따라 작성된 협정대로

105 포틴브라스가 소유했던 영토는 자신의 목숨과 함께

모두 승자인 선왕에게 돌아가게 된 거야.

물론 우리 선왕께서도 그에 상응하는 영토를 걸었기 때문에

만일 전투에 패하셨다면, 그 땅은

포틴브라스에게 넘어갔겠지.

110 동일한 서약과 협정 조건에 따라

그의 몫이 선왕인 햄릿에게 넘어갔듯이 말이야.

그런데 포틴브라스의 아들이 젊은 혈기를 이기지 못하고

미쳐 날뛰고 있는 거지.

그자가 요즘 노르웨이 변방 여기저기에서

115 불한당 패거리들에게 돈 몇 푼 쥐어 주면서

자기 영역으로 마구잡이로 끌어 모아다가

모험을 감행하려 한다네.

어떤 꿍꿍이를 가지고 말이야.

우리도 예측할 수 있는 그것,

120 앞서 말한 제 아비가 잃은 영토를

우격다짐으로 빼앗아가겠다는 속셈 말일세.

내가 아는 바에 의하면, 이것이 바로

적의 침입을 막으려고 안간힘을 쓰는 주된 이유이고,

우리가 이렇게 보초를 서는 까닭이며,

125   온 나라가 야단법석인 가장 큰 원인이라네.

버나도 나도 그것 말고 다른 이유는 없다고 보네.

이 불길한 모습을 한 유령이 꼭 선왕과 똑같이 무장하고

우리 경계선을 지나가는 것도 다 그 때문인 것 같아.

그분이 이번 전쟁의 원인이지 않았냐는 말일세.

130   **호레이쇼** 티끌 하나로도 마음의 눈이 어지러운 법인데.

로마가 전성기를 누리던 시절 말일세,

위대한 카이사르가 암살되기 얼마 전에도

수의를 걸친 시체들이 무덤을 박차고 나와

로마 거리를 휘저으며

135   이상한 소리로 부르짖지 않았던가.

별은 불꼬리를 매달고 이슬은 핏빛으로 물들고

태양은 빛을 잃었어. 그리고 바다의 신

넵튠 왕국의 흥망성쇠를 책임지는 젖은 달은

종말을 알리듯 점점 어두워만 갔었고 말이야.

140   앞으로 다가올 재난의 서막처럼,

천지는 합심해서 이 나라와 사람들에게

그렇게 무서운 사건의 비슷한 전조들을

운명에 앞서 오는 전령처럼 보여줬지.

유령 다시 등장

쉬잇, 저걸 보게. 유령이 다시 나타났어!

145 죽어도 좋다. 어디 맞서 보자. 서라, 허깨비야!

목소리를 낼 수 있다면,

내게 말을 해라.

너의 원한을 풀어준다면,

너의 마음이 편안해지고 내게도 영예로운 일이 될 테니

150 내게 말을 해라.

네가 이 나라 운명의 비밀을 알고 있다면 —

우리가 미리 대비하고 피할 수 있는 일이라면 —

아, 말을 해다오!

혹은 네가 생전에 강탈한 재물을

155 땅속 깊이 묻어둔 것이라면 —　　　　　　　　닭이 운다

그 때문에 죽어서도 영혼들이 배회한다던데 —

말을 해라. 서라, 대답해라! — 막아, 마셀러스!

마셀러스 창으로 칠까?

호레이쇼 멈추지 않으면 그렇게라도 해.　　유령을 치려고 한다

160 **바나도** 여기 있다!

호레이쇼 이쪽이야!　　　　　　　　　　　유령 퇴장

마셀러스 사라졌어!

우리가 잘못한 것 같아.

유령이라고 해도 위엄 있는 모습인데

165 난폭하게 대했으니,

허공이나 다름없어서 상처를 낼 수도 없고

헛손질만 해댔네. 꼴사납게 되었군.

바나도 막 입을 열려던 참인데 닭이 울었어.

호레이쇼 그러게. 악령의 부름을 받은

170 죄인처럼 질겁했어.

수탉은 새벽을 알리는 나팔수라,

찢어질 듯한 앙칼진 울음소리로

태양신을 깨우면, 그 소리에

물속, 불속, 땅속, 허공을

175 떠돌며 헤매던 온갖 유령들이

혼비백산하면서 제자리로 돌아간다더니

그게 그냥 떠돌던 소리가 아니었군 그래.

마셀러스 닭 울음소리에 곧바로 사라져 버렸다는 거 말이야.

우리 구세주의 탄생을 축하하는 시기가 다가오면

180 새벽을 여는 새가 밤새 울어대는데,

그러면 유령들도 나돌아 다니지 못한다는 거야.

밤은 안전하고 운성運星[3]의 영향도 받지 않고

요정의 주문도 소용없고, 마녀도 마법을 쓰지도 못한대.

거룩하고 축복이 충만한 시간이라는 거지.

185 **호레이쇼** 나도 들어 본 얘기고, 어느 정도는 믿고 있네.

보라고. 붉은 망토를 걸친 아침이, 저편에 높이 솟은

동녘 산마루의 이슬을 밟으며 건너오고 있어.

---

3) 점성학에서 사람의 운명을 좌우한다고 믿는 별.

우리 보초는 이만 끝내세. 내 생각에는

간밤에 우리가 봤던 일을 햄릿 왕자님께

190 알리는 게 좋을 것 같아. 유령이 우리에게는

아무 말도 하지 않았지만 분명히 왕자님께는 말을 할 걸세.

그러니 당연히 왕자님께 이 사실을 알리는 게

우리가 충성을 다하는 거고, 그게 또 도리가 아니겠나?

마셀러스 그렇게 하세.

195 오늘 아침 어디에서 왕자님을 뵐 수 있는지,

그 장소를 내가 알고 있네.   모두 퇴장

1막 2장4)

장면 2

덴마크의 왕 클로디어스, 왕비 거트루드, 햄릿, 플로니어스,
레어티즈와 그의 누이 오필리아, 귀족들 등장

왕 승하하신 형님, 햄릿 선왕의 죽음이

아직도 기억에 생생하고, 우리 가슴에는

슬픔이 가득하여 온 나라가 하나같이

비탄의 얼굴을 한 채 애도하는 것이 당연한 일이지만,

---

4) **장소** 엘시노어 성.

5   나의 분별력과 우애심이 충분히 다투어 본 결과,
　　　　과인은 가장 현명하게 그분을 애도하면서도
　　　　한편으로는 우리 자신을 잊지 않으려 하오.
　　　　그러므로 과인은 지난날의 형수를 왕비로 맞아
　　　　이 용맹한 나라의 왕권을 함께 이어가기로 했소.

10   말하자면 패퇴한 기쁨으로,
　　　　한 눈에는 희망을, 또 한 눈에는 눈물을 담고,
　　　　기쁨으로 장례를, 슬픔으로 혼례를 치르며,
　　　　기쁨과 슬픔을 똑같은 무게로 저울질하며,
　　　　왕비로 맞이한 것이오. 이 일에 관해 경들의

15   지혜로운 충언을 마다하지 않았고, 경들은
　　　　기꺼이 승낙해 주었소. 이 모든 것에 감사하오.
　　　　그런데 경들도 잘 알다시피 포틴브라스의 아들이
　　　　나의 가치를 얕잡아 보는 건지,
　　　　아니면 최근 과인이 친애하던 형님의 죽음으로

20   이 나라가 분열되어 혼란에 빠졌다고 생각했는지,
　　　　자신이 유리하다는 허황한 망상을 품고서
　　　　기어이 서신을 보내와
　　　　그의 아비가 엄연히 약조한 법조항에 따라
　　　　용감하신 과인의 형님께 양도한 옛 영토를 돌려달라고

25   몹시 성가시게 굴고 있소.
　　　　그자 얘기는 이쯤 해두고.

볼티맨드와 코넬리어스 등장

이제 우리 얘기를 하겠소. 이렇게 모인 용건을 말하자면,
상황은 이렇소. 여기 노르웨이 왕, 포틴브라스 2세의
숙부 되는 자에게 보내는 친서가 있소 —
30   그는 늙고 쇠약해져 병석에 있는지라
조카의 속셈을 거의 모르고 있소 — 과인이 그 속셈을 알려
그의 계획을 저지하려 하오. 포틴브라스 2세가
자국민들을 함부로 징발하여 병력을 채우고
있기 때문이오. 그래서 과인은 코넬리어스와
35   볼티맨드를 사신으로 파견하여 이 친서를
노르웨이 노왕에게 전하려 하오.
노르웨이 왕과의 협상 시, 그대들에게 여기에 명시된
조항 이상의 개인적인 권한은 부여되지 않소.
잘 다녀오시고, 서둘러 임무를 완수하시오.   *친서를 건넨다*
40   **볼티맨드, 코넬리어스** 분부하신 대로,
모든 일에 최선을 다하겠습니다.
왕 경들을 믿겠소. 잘 다녀오시오.

                              볼티맨드와 코넬리어스 퇴장
자 이제, 레어티즈, 그래 무슨 일이냐?
내게 청이 있다지? 그게 무엇이냐, 레어티즈?
45   덴마크 왕에게 이치에 합당한 얘기를 했는데
허탕을 칠 순 없지. 네 청이 무엇이냐, 레어티즈?

굳이 간청하지 않아도 과인이 들어줄 것이다.

머리와 심장을 떼어놓을 수 없고

손이 입을 더욱 쓸모 있게 해준다 한들

50 덴마크 왕인 나와 네 부친과의 관계에는 미치지 못하지.

그래, 네 청이 무엇이냐?

레어티즈 지엄하신 전하,

프랑스로 돌아가도록 허락해 주십시오.

전하의 대관식에 참석하기 위해

55 기꺼이 덴마크로 돌아왔으나,

이제 제 도리는 다한 것으로 생각되오니,

제 생각과 바람은 다시 프랑스로 향하고 있습니다.

부디 너그러이 윤허하여 주십시오.

왕 부친의 승낙을 받았느냐? 어떻소, 폴로니어스 경?

60 **폴로니어스** 그렇습니다. 전하.

끈기 있게 졸라대며 제 허락을

천천히 구했고, 결국 그 소망에

마지못해 동의를 표시해 줬습니다.

바라는 바이니 자식이 떠날 수 있도록 윤허하여 주십시오.

65 **왕** 좋을 때 떠나도록 하라, 레어티즈.

시간은 네 것이니, 마음껏 즐겨라 —

그건 그렇고, 내 조카이자 이제는 내 아들, 햄릿 —

햄릿 동족보다는 가깝지만 동류라 하기엔 멀구나.   방백

왕 어찌하여 네 얼굴에는 구름이 걷히질 않느냐?

70 **햄릿** 아닙니다, 전하. 오히려 햇살을 듬뿍 받고 있습니다.

　　왕비 햄릿, 그 어두운 상복을 벗어 버리고

　　좀 더 다정한 눈길로 전하를 대하거라.

　　언제까지나 그렇게 눈을 내리깔고

　　땅 속에 묻힌 네 고귀한 아버지를 찾아 헤맬 셈이냐?

75 너도 알겠지만 누구나 겪을 수 있는 일이다.

　　모든 생명체는 생을 달리하는 법,

　　자연에서 영원으로 가는 거란다.

　　햄릿 네, 마마, 흔한 일이지요.

　　왕비 그렇다면,

80 어찌하여 너만 그리 유별나게 구는 것처럼 보이느냐?

　　햄릿 그래 보인다고요, 마마? 천만에요, 사실이 그렇습니다.

　　전 '보이는' 건 모릅니다.

　　어머니, 이 새까만 망토도,

　　의례적인 검은 상복도,

85 억지로 내쉬는 무거운 한숨도,

　　강물처럼 흐르는 눈물도,

　　낙담해 풀죽은 얼굴도,

　　그 밖의 슬픔을 나타내는 온갖 형식이나 기분, 모양새도

　　저의 진심을 드러내지 못합니다.

90 이런 것들이 '보이는' 짓입니다.

　　누구나 꾸며낼 수 있는 행동이니까요.

　　하지만 제 마음 속에는 꾸밀 수 없는 것이 있습니다.

그따위 슬픔의 겉치레 따위로 보일 수 있는 것이 아닙니다.

왕 네 심성이 착하고 훌륭하구나, 햄릿.

95 아버지를 그토록 애도하다니.

그러나 알아두어라. 네 아버지께서도 아버지를 여의셨고,

그 아버지 역시 아버지를 잃으셨다. 살아남은 자는

자식 된 도리로 얼마간 애도하는 건

당연한 일이다. 그러나 도가 지나치게

100 애도를 계속하는 것도 신을 모독하는 행위이며,

사내답지 못한 슬픔이다.

그건 하늘을 거역하려는 태도이며,

마음이 허약하고 정신이 불안하고,

단순하고 배우지 못함을 보여주는 것이다.

105 죽음이란 결코 피할 수 없는 일이며

아주 평범한 일상처럼 흔한 일이거늘

어째서 고집스럽게 반발하여

가슴에 담는단 말인가? 쯧쯧, 그건 하늘을 거스르고,

망자를 거스르고, 자연을 거스르는 일이며,

110 이성에 비추어도 가장 불합리한 일이다. 이성은

부친의 죽음을 당연한 일이라 말하며, 태초의 주검에서

오늘 죽은 자에 이르기까지 그것은 피할 수 없는 일이라고

언제나 외쳐오지 않았더냐? 과인의 부탁이니

그 쓸데없는 슬픔은 땅에 던져 버리고, 과인을

115 친아버지로 대해다오. 왜냐하면 온 세상에 알리니

너는 과인의 왕위를 이을 왕세자이며,

가장 다정한 아버지가 아들에게 품는

고귀한 사랑에 못지않는 사랑을

과인이 네게 베풀기 때문이다.

120 비텐베르크의 학교로 돌아가려는 네 생각은

과인의 뜻과는 매우 어긋나는 일이니,

여기 남아 과인의 기쁨이 되고 위로가 되어 다오.

과인의 가장 중요한 중신으로, 조카로, 아들로

이곳에 있어 다오.

125 **왕비** 햄릿, 이 어미의 기도가 헛되게 하지 마라.

비텐베르크에 가지 말고 제발 우리와 함께 있어 다오.

햄릿 성심을 다하여 분부를 따르겠습니다, 마마.

왕 그래, 다정하며 기특한 대답이구나.

덴마크에서 과인과 함께 지내자꾸나. 왕비, 갑시다.

130 햄릿이 이리도 부드럽게 순순히 응하니

내 마음이 기쁘구려. 감사의 표시로

오늘 덴마크의 왕이 축배를 들 때마다

구름을 향해 축포를 터뜨릴 것이오.

그러면 왕의 축배가 하늘까지 울리고 하늘은

135 천둥으로 화답할 것이오. 자, 들어갑시다.

> 햄릿만 남고 모두 퇴장

햄릿 아, 너무도 더럽고 더러운 이 몸뚱아리,

모조리 녹아서 한 방울 이슬이나 되어버려라!

영원하신 신께서 자살을 금지하는 계명을
정해 놓지 않았더라면! 아, 신이여, 신이여!
140   세상만사가 내게는 모두 지겹고,
고리타분하고, 단조롭고, 부질없게만 보이는구나.
에잇, 역겹다! 역겨워! 이 세상은 잡초만 무성한 채
버려진 정원 같구나. 썩어빠지고 본성이 역겨운 것들만
우글대고 있어. 이 지경이 될 줄이야!
145   돌아가신 지 겨우 두 달, 아니 두 달도 채 못 되었어.
아버지는 그렇게 훌륭한 군왕이셨는데…….
그분이 태양신이라면
현왕은 반인반수의 괴물이지.
어머니를 너무나 사랑하셔서
150   행여 어머니 얼굴에 바람이 부는 것도
허락하지 않으신 분이셨는데.
하늘이여, 땅이여! 떠올려야만 합니까?
그래, 마치 먹으면 먹을수록 식욕이 늘어나는 것처럼
어머니는 아버지 곁을 떠나지 않으셨지.
155   그런데 채 한 달도 못되어 ―
아, 생각하지 말자. 약한 자여, 그대 이름은 여자로다 ―
이제 겨우 한 달, 니오베처럼 온통 눈물에 젖어
가엾은 아버지의 시신을 따라갈 때 신었던
그 신발이 미처 닳기도 전에, 어머니가, 그 어머니가 ―
160   아, 하늘이여! 분별없는 짐승일지라도

이보다는 더 오래 슬퍼했을 것이다―숙부와 결혼을 하다니,

아버지의 동생이지만 숙부와 아버지는

나와 헤라클레스가 같지 않은 것보다도 더 딴판이지.

그런데 채 한 달이 못돼 결혼을?

165 거짓 눈물의 소금기로 충혈된 눈동자의 핏발이

채 가시기도 전에 결혼을 하다니.

아! 너무도 추악하고 재빠르구나.

그리도 능숙하게 근친상간의 잠자리로 뛰어들다니!

이건 좋지 않고, 좋게 될 수도 없는 일이다.

170 그러나 가슴아 터져라, 입은 다물어야 하니까.

호레이쇼, 바나도, 마셀러스, 등장

호레이쇼 왕자님, 안녕하십니까!

햄릿 만나서 반갑네.

호레이쇼? 내가 제정신이 아닌가?   *호레이쇼를 알아보며*

호레이쇼 맞습니다. 왕자님의 변함없는 미천한 종입니다.

175 **햄릿** 이보게, 친구, 오히려 내가 그렇게 말하고 싶네.

그런데 비텐베르크에서 무슨 일로 돌아왔나, 호레이쇼?

오, 마셀러스 아닌가?

마셀러스 네, 왕자님.

햄릿 자네들을 보니 정말 반갑군.

180 ―자네도 잘 지내지?   *바나도에게*

그런데, 비텐베르크는 대체 왜 떠나온 건가?　　　호레이쇼에게

호레이쇼　게으른 탓입니다, 왕자님.

햄릿　자네 원수라도 그런 험담은 못하게 하겠네.

하물며 자네 입으로 내 귀에

185　그런 험담을 해서는 안 되지.

자넨 게으름뱅이가 아냐.

대체 엘시노어에는 무슨 일로 왔나?

떠나기 전에 잔뜩 취하는 법을 가르쳐 주겠네.

호레이쇼　왕자님, 선왕의 장례식에 참석하러 왔습니다.

190　**햄릿**　여보게들, 제발 나를 놀리지 말게.

내 어머니 결혼식을 보러 왔겠지.

호레이쇼　하긴, 왕자님, 일이 연이어 있었지요.

햄릿　절약이지, 절약, 호레이쇼!

장례식 때 익힌 고기를 혼례상에 차갑게 올린 걸세.

195　이런 꼴을 보느니 차라리 천국에서

원수를 만나는 편이 나았겠지, 호레이쇼.

아버지, 아버지를 보고 있는 것 같아.

호레이쇼　아, 어디서요, 왕자님?

햄릿　내 마음의 눈으로 말일세, 호레이쇼.

200　**호레이쇼**　저도 뵌 적이 있습니다만, 훌륭하신 군왕이셨죠.

햄릿　훌륭한 분이셨지, 어느 모로 보나.

그런 분을 다시 보진 못할 거야.

호레이쇼　왕자님, 지난밤 그분을 뵌 것 같습니다.

햄릿 뵙다니, 누구를?

205 **호레이쇼** 왕자님의 아버지이신 선왕 말씀입니다.

햄릿 선왕, 나의 아버지를?

호레이쇼 잠시 흥분을 가라앉히시고 귀를 기울여 주십시오.

이 괴이한 일을 말씀드리겠습니다.

이 두 사람이 증인입니다.

210 **햄릿** 어서 말해보게!

호레이쇼 이틀 밤 연거푸,

마셀러스와 바나도 이 두 사람이

쥐 죽은 듯 고요한 한밤중에 보초를 서다가 겪은 일입니다.

꼭 선왕의 모습을 한 형체가,

215 머리에서 발끝까지 완전히 무장하고,

이 사람들 앞에 나타나더니, 엄숙하게 행군하듯이

위엄 있는 모습으로 천천히 지나갔다고 합니다.

세 번이나 그러는 동안 이 두 사람은 기에 눌리고 겁에 질려

지휘봉을 뻗으면 닿는 거리에서 지나는데도

220 두려움 때문에 거의 젤리처럼 녹아버려

멀뚱멀뚱 서서 벙어리처럼 말도 걸지 못했다고 합니다.

두 사람이 이런 얘기를 제게 은밀히 털어놓기에

사흘 째 밤엔 저도 그들과 함께 보초를 섰습니다.

아니나 다를까, 두 사람이 말한 것처럼 시간도, 형체도,

225 한 치도, 한마디도 다름없이 유령이 나타났습니다.

저는 왕자님의 아버지를 잘 압니다.

이 두 손도 서로 그렇게 닮지는 않았을 겁니다.

햄릿 헌데 그 장소가 어디였나?

마셀러스 저희들이 보초를 섰던 망루 위였습니다, 왕자님.

230   **햄릿** 말을 걸어 보지는 않았나?

호레이쇼 왕자님, 서희가 말을 걸어 보았지만

대답이 없었습니다. 하지만 제 생각에 한 번은

고개를 들어 말을 하려는 듯한

동작을 취했습니다.

235   하지만 바로 그때 새벽닭이 크게 울었고,

그 소리에 놀랐는지 그것이 황급히 움츠러들더니

눈앞에서 사라졌습니다.

햄릿 그것 참 기이하구나.

호레이쇼 존경하는 왕자님, 제가 살아 있듯이

240   이것은 사실이며, 왕자님께 알려 드리는 게

저희들의 도리라 생각했습니다.

햄릿 그렇고말고. 하지만 고민이군.

오늘밤에도 보초를 서나?

마셀러스와 바나도 네, 왕자님.

245   **햄릿** 무장을 했더란 말이지?

마셀러스와 바나도 무장을 했습니다, 왕자님.

햄릿 머리끝에서부터 발끝까지?

마셀러스와 바나도 네, 머리에서 발끝까지요.

햄릿 그럼 얼굴은 못 보았겠군?

250 **호레이쇼** 아닙니다, 왕자님, 얼굴 투구는 올라가 있었습니다.

햄릿 어떻던가, 성난 얼굴이었나?

호레이쇼 성난 얼굴이라기보다는 슬픈 얼굴이었습니다.

햄릿 창백하던가, 불그레하던가?

호레이쇼 아주 창백했습니다.

255 **햄릿** 자네를 똑바로 쏘아보던가?

호레이쇼 뚫어지게 쏘아보았습니다.

햄릿 내가 거기 있었더라면.

호레이쇼 크게 놀라셨을 겁니다.

햄릿 그랬겠지, 그랬을 거야. 오래 있었나?

260 **호레이쇼** 아마 천천히 백까지 셀 동안은 될 겁니다.

마셀러스와 바나도 아니, 더 길었어.

호레이쇼 내가 봤을 땐 아니었어.

햄릿 수염이 희끗희끗했겠지, 아닌가?

호레이쇼 생전에 뵈었을 때처럼

265 은빛이 섞인 검은 수염이었습니다.

햄릿 오늘밤 나도 보초를 서겠네. 또 나타날 수도 있으니까.

호레이쇼 틀림없이 나타날 겁니다.

햄릿 그게 만약 아버지의 고귀한 모습 그대로라면,

설령 지옥이 입을 벌리고 침묵할 것을 명한다 하더라도,

270 말을 걸어 볼 것이다. 자네들 모두에게 부탁할 테니,

지금까지 이 광경을 숨겨왔다면,

계속해서 이 일을 침묵 속에 묻어두게.

그리고 오늘밤 무슨 일이 벌어지더라도,

이해는 하더라도 행여 입 밖에 내지 말게.

275 자네들의 우정은 보답하겠네. 그럼, 잘 가게.

열한 시에서 열두 시 사이에 망루로 찾아가겠네.

일동 충성을 다하겠습니다.

햄릿 우정일세, 내가 자네들을 아끼듯 말야. 잘들 가게.

[햄릿만 남고] 모두 퇴장

아버지의 혼령이 무장을 하고 나타나다니? 심상치가 않아.

280 어떤 흉계가 있구나. 어서 밤이 되었으면.

그때까지는 조용해라 내 영혼아. 악행이란 천길 만길

파묻더라도 결국 세상에 드러나는 법이니. 퇴장

1막 3장5)

장면 3

레어티즈와 오필리아 등장

레어티즈 필요한 짐은 다 실었다. 잘 있어라.

그리고 오필리아,

풍향이 좋고 배편이 있거든,

---

5) **장소** 엘시노어 성 안.

잠만 자지 말고 소식을 보내다오.

5   **오필리아** 그걸 의심하세요?

레어티즈 햄릿 왕자님 얘기인데, 그분의 작은 호의는

그저 한때의 기분, 젊은 혈기라고 생각해라.

한창 물이 올라 피어나는 제비꽃이라

일찍 피지만 영원하지 못하고, 달콤하나 오래가지 않으니,

10   한순간의 달콤한 향기일 뿐 그 이상은 아니다.

오필리아 정말 그뿐일까요?

레어티즈 그렇다고 생각해라.

사람이 자랄 때는 단지 근육과 몸집만

커지는 것이 아니라, 육체가 커지면서

15   그 안에 담긴 마음과 정신의 도리도

함께 성장하는 법이란다.

왕자님이 지금은 널 사랑하시겠지.

지금이야 순정을 더럽힐 오점이나 거짓도 없을 테고.

하지만 그분의 신분이 높으니

20   당신 뜻대로 하실 수만은 없다는 것을 명심해야 한다.

태어난 신분에 얽매여 있어서

일반 서민들처럼 마음 내키는 대로

하실 수 없는 처지야. 그분의 결정에

나라 전체의 안녕과 번영이 달렸기 때문이란다.

25   그러므로 자신의 배필을 선택할 때에도,

그분을 머리로 따르는 백성들의 의견과 동의가

있어야 한다. 그러니 너를 사랑한다고 말씀하시더라도,

덴마크 전체의 동의를 얻어야만

자기 말을 실행으로 옮길 수 있는

30   특별한 지위에 계시는 분의 말씀으로

알아두는 것이 현명하다.

그러니 왕자님의 노래를 너무 솔깃해서 듣거나,

넋을 놓아버리거나, 막무가내로 간청한다고

너의 그 보배로운 순결을 주는 날에는

35   네 명예가 어떤 상처를 받을지 헤아려 보거라.

조심해라, 오필리아. 조심해라, 누이야.

그리고 네 사랑의 감정에 휩쓸려서 앞서가지 말고

욕망의 사정거리와 위험에서 벗어나 있어야 한다.

아주 정숙한 처녀에게는 달님 앞에 미모를

40   드러내는 것조차 방탕한 짓이다.

미덕의 화신이라도 악담에는 당해내지 못한다.

봄의 새싹은 그 봉오리를 피우기도 전에

자벌레에게 허다하게 갉아 먹히고,

청춘의 맑은 아침이슬 속에는 전염성 마름병이

45   곧바로 스며들게 마련이다.

그러니 조심해라. 조심하는 것이 상책이다.

청춘이란 곁에 아무도 없어도 자신에게 반항하는 법이니까.

오필리아 이 훌륭한 교훈이 담긴 이 말을 가슴에 새겨서

파수꾼 삼을게요. 하지만 오라버니,

50 은혜를 잊은 어떤 목사들이 그렇듯이
제게는 천국에 이르는 험한 가시밭길을 일러주고는
자신은 우쭐한 망나니 난봉꾼처럼 환락의 꽃길을 밟으며,
자신의 설교를 저버리지는 마세요.
레어티즈 아, 내 걱정은 마라.
55 너무 지체했다. 아버지가 오신다.

폴로니어스 등장

축복이 두 배면 은총도 두 배지.
운이 좋아 또 한 번 인사를 드리게 되었구나.
폴로니어스 아직도 여기 있느냐, 레어티즈?
원, 녀석도. 어서 배에 오르거라.
60 바람이 돛 어깨 위에 앉았고
사람들이 너를 기다리고 있지 않느냐. 자, 축복해 주마.
그리고 몇 마디 충고를 할 테니 네 기억에 새겨두고
행동을 조심하도록 하거라.
네 생각을 입 밖에 내지 말고,
65 적절치 못한 생각을 행동으로 옮기지 마라.
친절하되 절대 천박해서는 안 된다.
일단 겪어보고 진정한 친구로 받아들였다면
쇠사슬로 네 마음에 단단히 묶어두어라.
하지만 새로 만나 잘 알지 못하는 친구들과 악수하며

70 어울리다 손바닥을 무디게 만들어서는 안 된다.

싸움에 끼어들지 않도록 조심하되 일단 끼어들면,

상대가 너를 얕보지 않도록 혼을 내줘라.

귀는 누구에게나 열어두고, 입은 함부로 열지 마라.

사람들의 의견엔 모두 귀를 기울이되 판단은 보류해라.

75 옷차림은 주머니 사정이 허락하는 한 돈을 써도 좋지만,

요란한 옷과 고급스럽지만 번쩍거리는 옷은 피하거라.

옷은 흔히 그 사람의 인품을 나타내주기 때문이다.

이 점에서는 프랑스의 상류층 사람들이

가장 뛰어나고 세련된 안목을 지니고 있단다.

80 그리고 돈은 꾸지도 빌려주지도 말아라.

빌려주면 돈과 친구 둘 다 잃기 쉽고,

빌리면 절약하는 습성이 무뎌진다.

그리고 무엇보다도 자기 자신에게 충실해라.

그러면 밤이 낮을 따르듯 너 역시

85 타인을 거짓으로 대하지 못할 것이다. 잘 가라.

아비의 축복으로 이 충고가 네 안에서 여물기를 바란다!

레어티즈 이제 떠날까 합니다, 아버지.

폴로니어스 시간이 됐다. 가 보거라. 하인들이 기다린다.

레어티즈 잘 있어라, 오필리아,

90 내가 한 말 명심하고.

오필리아 제 기억 속에 잠가 놓았으니,

그 열쇠는 오라버니가 간직하세요.

레어티즈 잘 있어.   레어티즈 퇴장

폴로니어스 오필리아, 네 오라비가 무슨 말을 하더냐?

95   **오필리아** 네, 햄릿 왕자님 얘기예요.

폴로니어스 그래, 마침 잘됐다.

듣자하니 그분이 요즈음 너한테

아주 빈번히 드나들고,

너도 선선히 왕자님을 맞이한다더구나.

100   내게 조심하라고 알려주는 사람들이 있었다.

그게 사실이라면, 네게 한마디 해두어야겠다.

넌 내 딸로서, 또한 어떻게 순결을 지키며

처신해야 하는지를 분명히 알지 못하고 있구나.

둘이 어떤 사이냐? 솔직히 말해 보거라.

105   **오필리아** 아버지, 그분이 요사이 여러 번

제게 사랑을 고백하셨어요.

폴로니어스 사랑이라고? 허어!

험한 세상을 겪어보지 못해 참 철없는 소리를 하는구나.

네 말대로 그분의 고백이란 걸 믿는 게냐?

110   **오필리아** 어떻게 생각해야 할지 모르겠어요, 아버지.

폴로니어스 그래, 내 가르쳐 주마.

가짜 돈과도 같은 그분의 애정을 진짜로 여기다니

넌 정말 어린애로구나. 네 자신을 좀 더 소중히 여겨라.

그렇지 않으면 — 어설픈 표현으로 말을 빙빙 돌리느니

115   한마디로 — 네 스스로 바보라고 떠벌이는 일이 될 것이다.

오필리아 아버지, 그분은 명예로운 방법으로

제게 사랑을 고백하셨습니다.

폴로니어스 그래, '방법'이겠지. 됐다, 그만해.

오필리아 그리고 아버지, 그분은

120   온갖 하늘의 맹세를 걸고 말씀하셨어요.

폴로니어스 그래, 그게 바로 도요새를 잡는 방법이지, 암.

피가 끓을 때에는 무슨 맹세를 못하겠니.

딸아, 이런 불꽃들은 말이다.

열보다는 빛을 내는 법이라, 심지어 약속을

125   채 마치지도 못하고 열도 빛도 쉽게 꺼지니,

진정한 사랑이라 여겨서는 안 된단다.

딸아, 당분간은, 처녀로서 네 모습을 쉬이 보이지 말거라.

만나자고 해도 호락호락 응하지 말고,

좀 더 도도하게 처신하도록 해라.

130   햄릿 왕자님은 나이도 젊고 너보다 훨씬 자유로운 분이시다.

그 사실을 명심하고 그분을 대하란 말이다.

한마디로, 오필리아, 그분의 맹세를 믿지 마라.

맹세란 겉차림과 속셈이 딴판인 중매쟁이와 다를 바 없어.

불경한 짓을 하도록 꼬드기는 자이며,

135   좀 더 잘 속이기 위해 입으로는 신성하고 경건한 말을

아무렇지 않게 내뱉는 뚜쟁이일 뿐이다.

결론적으로, 분명히 일러둔다만, 앞으로는

아주 잠시라도 햄릿 왕자님에게 언질을 주거나

대화를 나누어서는 안 된다.

140 명심해라, 아비의 명령이다. 자, 가자.

오필리아 말씀대로 따르겠어요, 아버지.　　　　　모두 퇴장

1막 4장⁶⁾

장면 4

햄릿, 호레이쇼와 마셀러스 등장

햄릿 바람 끝이 매섭구나. 몹시 고약해.

호레이쇼 살을 에는 듯이 지독한 날씨입니다.

햄릿 지금 몇 시인가?

호레이쇼 아직 자정이 되지 않은 것 같습니다.

5 **마셀러스** 아니, 자정을 쳤네.

호레이쇼 그래? 난 듣지 못했는데.

그렇다면 유령이 나타날 시각이 다가오는구나.

　　　　　　　　　　　　　　요란한 나팔소리와 북소리

이건 무슨 일입니까, 왕자님?　　　　　　아마도 축포소리

햄릿 왕이 밤새도록 연회를 열고 있어,

10 술을 진탕 마시고, 춤을 추느라 난장판이 된다네.

———————

6) **장소** 엘시노어 성의 망대.

왕이 라인 와인7) 잔을 비울 때마다

저렇게 북을 치고 나팔을 불며 난리를 치는 걸세.

단숨에 술잔을 비운다는 약속을 지켰다는 거지.

호레이쇼 그게 관습입니까?

15   **햄릿** 그래, 그렇다네.

내 비록 이 나라 태생이라

아무리 저런 관습을 보고 자랐다고 해도, 지키기보다는

차라리 깨버리는 게 도리어 명예로울 거라고 생각하네.

이렇게 무자비하게 술을 마셔대니 온갖 나라들이

20   우릴 욕하고 비난을 퍼붓는 거지.

우릴 주정뱅이니 돼지니 하는 말로 부르면서

우리 명성을 더럽힌다네. 그리고 사실,

우리가 아무리 애를 써서 업적을 이뤄도 그 때문에

명성의 알맹이는 빼앗기고 마는 걸세.

25   개개인에 있어서도 마찬가지라네.

태어날 때부터 어떤 천성적인 결점 때문에,

— 본성을 선택하여 태어날 수 없으니

그들에게는 죄가 없지만 —

혹은 이성의 울타리와 성벽을

30   자주 넘나드는 어떤 지나친 기질 때문에,

또는 훌륭한 예법을 아주 망쳐 놓는 어떤 악습 때문에,

---

7) 라인 강 근처에서 나는 독일산 포도주.

이런 사람들은 그것이 자연의 조화든 운명의 장난이든,
단 한 가지 결함이 남긴 상처를 지니게 됨으로써
다른 장점들이 — 제 아무리 순수하고
35 무한하다 해도 — 바로 그 결점 때문에
비난 받을 수밖에 없네.
티끌만한 결점 때문에 흔히 모든 고상한 미덕이 더럽혀지고
치욕을 겪는단 말일세.

유령 등장

호레이쇼 왕자님, 보십시오. 그게 나타났습니다!
40 **햄릿** 천사들이여, 은총의 정령들이여, 우리를 보호하소서!
그대가 선한 정령이든 저주받은 악령이든,
천상의 바람을 몰고 왔든 지옥의 돌풍을 몰고 왔든,
의도가 사악하든 자비롭든 간에,
그렇게 의문스러운 몰골을 하고 나타났으니
45 당신에게 말을 걸겠소. 내 그대를 햄릿, 국왕, 아버지,
덴마크 왕으로 부르겠소. 아, 아, 대답하시오!
가슴이 답답해 터질 지경이니, 말해 주시오.
죽어 예법에 따라 묻힌 그대의 유해가
어찌하여 수의를 찢었으며,
50 그대가 고이 안치됨을 확인했던 무덤이
어찌하여 육중한 대리석 입을 열어

그대를 다시 토해낸 것이오? 대체 무슨 뜻으로
그대, 죽은 시체가 완전 무장하고
어스름 달빛 아래 다시 나타나
55 이 밤을 소름끼치게 하고,
자연의 노리개인 우리들의 평온한 마음을,
우리의 영혼이 미치지 못하는 생각들로
끔찍하게 흔들어 놓습니까? 말해 보시오.
왜 그러시오? 무엇 때문이오? 우리가 어떻게 하란 말이오?

유령이 햄릿에게 손짓한다

60 **호레이쇼** 따라오라고 손짓하는데요.
왕자님께만 하고 싶은 얘기가 있나 봅니다.
마셀러스 저것 보세요, 아주 정중한 태도로
한적한 곳으로 가자고 손짓합니다.
하지만 따라가진 마십시오.
65 **호레이쇼** 절대 안 됩니다.
햄릿 여기선 입을 열 것 같지 않다. 따라가겠다.
호레이쇼 안 됩니다, 왕자님.
햄릿 왜, 내 무엇을 두려워하겠는가?
바늘만큼의 가치도 없는 이 목숨,
70 내 영혼이야, 저 유령처럼 영원불멸인데,
저것이 내게 뭘 어쩌겠나?

또 오라고 손짓하는구나. 따라가겠다.

호레이쇼 저것이 왕자님을 바다 쪽이나,

혹은 바다를 향해 험악하게 튀어나온

75 무시무시한 벼랑 꼭대기로 유인한 후,

어떤 끔찍한 형상으로 둔갑하여

왕자님의 이성을 빼앗아 실성하게 만들면

어쩌시려고요? 잘 생각해 보세요.

그런 곳에 서서 수십 길 아래 바다를

80 내려다보고 거친 파도 소리를 들으면,

어떤 이유도 없이 누구든 죽음의 유혹을

느끼기 마련입니다.

햄릿 아직도 손짓하고 있어.

― 앞장서시오, 당신을 따르겠소.

85 **마셀러스** 가시면 안 됩니다, 왕자님.   햄릿을 붙잡는다

햄릿 손을 놓아라.

호레이쇼 제 말씀을 들으십시오. 절대로 가시면 안 됩니다.

햄릿 내 운명이 소리친다.

저 네메아의 사자[8] 힘줄처럼

90 이 몸의 온 핏줄이 단단해지는구나.

아직도 날 부르고 있어. 놓아라.

맹세코, 누구든 날 붙잡는 자는 유령으로 만들 테다!

---

8) 그리스 신화에서 헤라클레스가 이룬 12가지 과업 중 하나로 그가 목 졸라 죽인 천하무적의 짐승.

비켜라! — 앞장서시오, 당신을 따르겠소.

유령과 햄릿 퇴장

호레이쇼 왕자님이 유령에 홀려 미쳐 가고 있어.

95 **마셀러스** 따라가야 해. 명령만 따르는 건 도리가 아니지.

호레이쇼 쫓아가세. 일이 어찌 되려니?

마셀러스 이 덴마크라는 나라는 어딘가 썩었어.

호레이쇼 하늘의 뜻을 따를 수밖에.

마셀러스 일단, 따라가 보세.

모두 퇴장

1막 5장
장면 4 계속

유령과 햄릿 등장

햄릿 어디까지 끌고 갈 셈이오?

말하지 않으면 더 이상은 가지 않겠소.

유령 내 말을 잘 들어라.

햄릿 알겠소.

5 **유령** 시간이 거의 다 되었다.

고통스런 유황불에 몸을 맡겨야 할 시간이 다가온다.

햄릿 아아, 가엾은 영혼!

유령 동정하지 말고 내가 밝히려는 얘기를

진지하게 들어라.

10 **햄릿** 말하시오. 분명히 듣겠소.

유령 내 말을 들으면 복수하지 않을 수 없을 것이다.

햄릿 뭐라고?

유령 나는 네 아비의 혼령이다.

밤이면 한동안 나타나 헤매다가

15 낮이면 연옥煉獄의 불길 속에서 굶주린 채

살아서 지은 죄를 깨끗이 불태워 버릴 때까지

견뎌야 하는 것이 내 운명이다.

내가 갇힌 감옥의 비밀을 말할 수는 없지만,

내가 입을 열면, 가장 가벼운 한마디라도

20 네 넋은 나가고, 네 젊은 피는 얼어붙고,

네 두 눈은 유성처럼 튀어나올 것이며,

땋아 늘인 네 머리칼은 풀어져

한 올 한 올이 성난 고슴도치의

가시처럼 빳빳이 곤두설 것이다.

25 그러나 이 저승의 비밀은

인간의 귀에 털어놓지 못하게 되어 있다.

내 말을 들어라, 햄릿, 아, 들어라!

네가 아비를 진정 사랑한 적이 있었다면 —

햄릿 아, 하늘이여!

30 **유령** 이 비열하고 극악무도한 살인의 원수를 갚아 다오.

햄릿 살인?

유령 살인이란 가장 비열한 짓이다.

그것이 최선이라 할지라도.

하지만 이것은 가장 비열하고, 기이하고, 극악무도하다.

35 **햄릿** 어서, 어서 말씀해 주십시오.

사념이나 사랑의 생각처럼 빠른 날개로 날아가

기습 공격하여 원수를 갚겠습니다.

유령 네 각오를 알겠다.

네가 이 이야기를 듣고도 분노하지 않는다면

40 망각의 강변에 자란 무성한 잡초보다도

더 둔한 인간이리라. 자, 햄릿, 들어 보아라.

사람들은 내가 정원에서 낮잠을 자다가

독사에게 물려 죽었다고 알고 있다.

그래서 덴마크의 백성들은 모두

45 내 죽음을 조작한 것에 감쪽같이 속고 있다.

하지만 알아두거라, 고귀한 아들아.

아비를 물어 죽인 독사는

지금 왕관을 쓰고 있다는 것을.

햄릿 아, 내 예감이 맞았구나! 역시 숙부였어!

50 **유령** 그렇다. 근친상간과 불륜을 일삼는 저 짐승 놈이,

사악한 꾀와 반역의 재주로 — 아! 사악한 꾀와

반역의 재주가 그렇게도 여자를 호리는

힘이 있다니! — 그렇게 정숙해 보이던 왕비를 유혹해

그의 더러운 욕정 앞에 무릎 꿇리고 말았다.

55 아, 햄릿, 세상에 이런 타락이 있다니!
결혼식에서 손을 맞잡고 한 맹세를
한결같이 지켰던 나의 사랑을 저버리고,
타고난 천성이 나와는 비할 수 없는
비천한 놈의 품에 안기다니! 그러나 정숙한 여자는

60 욕정이 설령 천사의 모습으로 가장하고 다가와 유혹하더라도
결코 동요하지 않는 법이지만,
음탕한 여자는 설령 눈부신 천사와 짝이 되더라도,
천상의 잠자리에 싫증을 내고
쓰레기를 뒤져 포식하는 법이다.

65 잠깐, 벌써 새벽 공기 냄새가 나는 것 같구나.
간단하게 말하마. 오후가 되면 늘 그랬듯이
내가 정원에서 낮잠을 자고 있는데,
내가 마음 놓고 있는 시간을 틈타 너의 숙부가
저주받은 독즙이 가득한 병을 들고 몰래 다가와

70 나병을 일으키는 독액을 내 귀에 쏟아 부었다.
그 효능이 사람의 피와는 상극이라
수은처럼 재빨리 온몸에 존재하는
자연적인 문과 길을 통해 퍼져나가고,
마치 우유에 떨어뜨린 초산처럼

75 순식간에 맑고 건강한 피를 응고시킨다.
내 피도 그렇게 된 것이다.

삽시간에 문둥이 같은 더럽고 흉측한 딱지가

내 매끈한 온몸을 나무껍질처럼 덮어 버렸구나.

이렇게 나는 낮잠을 자다가 아우의 손에

80 목숨, 왕관, 왕비까지 한꺼번에 빼앗기고 말았다.

하필 죄악의 꽃이 만발할 때 목숨이 끊겨

성찬식도, 고해성사도, 병자성사도 없이,

지은 죄를 갚지도 못하고

온갖 과오를 그대로 짊어진 채

85 심판대로 끌려나오고 말았다.

아, 끔찍하다, 끔찍해, 정말 끔찍하구나!

네게 천륜의 정이 있다면 참지 마라.

덴마크 왕의 침대를 음란하고 저주받은

근친상간의 자리로 내버려 두지 마라.

90 하지만 어떤 식으로 복수를 계획하든

네 마음을 더럽히지 말고, 네 영혼이 네 어미에 대해

악한 마음을 품게 하지 마라.

네 어미는 하늘에 맡겨 두고

가슴 속에 있는 양심의 가시가 찌르고 쏘도록

95 내버려 두어라. 자, 이제 곧 작별이구나.

반딧불을 보니 아침이 가까이 왔다.

그 희미한 불빛이 가물가물해지는구나.

잘 있어라, 잘 있어, 햄릿. 아비를 잊지 말거라.　　　퇴장

햄릿 아, 일월성신이여! 아, 대지여! 또 뭐가 있을까?

100   지옥이라도 부를까? 아, 안 돼! 진정해라, 심장이여.

그리고 내 힘줄들아, 순식간에 시들지 말고

단단히 버티어 다오. 그대를 잊지 말라고?

그래, 가엾은 유령, 이 어지러운 머릿속에

기억이 남아 있는 한, 어찌 그대를 잊겠는가?

105   그래, 내 기억의 수첩에서 하찮은

기록들을 모두 지워버리겠다.

어릴 때부터 보고 듣고 새겨 놓은

모든 금언들, 모든 형상, 지난날의 기억까지 모두.

그리고 그대의 명령만을 내 기억의 수첩 속에

110   간직해 둘 것이다. 다른 잡스러운 것들과 섞이지 않게

고이고이. 그래, 하늘에 맹세코!

아, 가장 사악한 여자여!

아, 악당, 악당, 미소 짓고 있는, 저주받은 악당!

내 수첩,

115   내 수첩에 적어 두자.

아무리 미소를 지어도 악당은 악당이다.

적어도 덴마크에서는 분명히 그렇다.   수첩에 무엇인가 적는다

자, 숙부, 여기에 적어두겠소. 이번엔 내 좌우명,

'잘 있어라, 잘 있어, 햄릿. 아비를 잊지 말거라.' 이다.

120   분명히 맹세했다.

호레이쇼와 마셀러스 왕자님, 왕자님!

안쪽에서 호레이쇼와 마셀러스 등장

마셀러스 햄릿 왕자님!

호레이쇼 하늘이 그분을 지켜주시기를.

햄릿 그렇게 해주소서.

125 **마셀러스** 휘이, 휘, 휘, 왕자님!

햄릿 휘이, 휘, 휘, 여기야! 새야 오너라, 어서 와.9)

마셀러스 괜찮으십니까, 왕자님?

호레이쇼 무슨 얘기입니까, 왕자님?

햄릿 아, 놀라운 일이지!

130 **호레이쇼** 왕자님, 말씀해 주십시오.

햄릿 안 돼, 이야기가 새나갈 테니까.

호레이쇼 하늘에 맹세코, 저는 아닙니다, 왕자님.

마셀러스 저도 아닙니다, 왕자님.

햄릿 그럼 의견을 들어 보세.

135 대체 이런 일을 상상이나 할 수 있을까?

그런데 비밀은 지킬 테지?

호레이쇼와 마셀러스 네, 맹세합니다. 왕자님.

햄릿 이 덴마크에 사는 악당 치고

극악무도하지 않은 자는 하나도 없다.

140 **호레이쇼** 왕자님, 그런 말을 하려고

---

9) 호레이쇼가 햄릿을 찾는 소리가 마치 매를 부르는 소리 같아 햄릿이 그대로 흉내
내서 답하고 있다.

유령이 무덤에서 일부러 나올 리는 없지 않습니까.

햄릿 그래, 그렇지, 자네 말이 맞아.

그러니까 더 이상 아무 말도 말고

악수나 하고 헤어지는 게 좋을 것 같네.

145 자네들은 각자 할 일과 볼일 보러 가게,

사람들은 저마다 할 일과 볼일이 있으니까.

그게 무엇이든 말일세. 한심한 나로 말하자면,

여보게들, 나는 가서 기도나 드려야겠네.

호레이쇼 정말 터무니없고 허황된 말씀만 하십니다, 왕자님.

150 **햄릿** 내 말이 기분 나빴다면 정말 미안하네.

그래, 정말로 진심이네.

호레이쇼 기분 나쁜 건 없습니다, 왕자님.

햄릿 있어, 성 패트릭에 맹세코 말이야. 하지만 호레이쇼,

기분 나쁜 게 또한 많기도 하네. 여기서 본 환영 말인데,

155 그건 진짜 유령이었네. 그것만은 말해 주지.

우리 사이에 무슨 일이 있었는지 알고 싶겠지만,

가능한 참아 주게. 자, 친구들,

자네들은 친구요, 학자요, 군인이니,

내 작은 부탁을 하나 들어주겠나?

160 **호레이쇼** 그게 뭡니까, 왕자님? 기꺼이 따르겠습니다.

햄릿 오늘밤에 본 일은 절대로 발설하지 말아 주게.

호레이쇼와 마셀러스 왕자님, 절대 입 밖에 내지 않겠습니다.

햄릿 아니야, 맹세를 하게.

호레이쇼 맹세코 입 밖에 내지 않겠습니다.

165 **마셀러스** 저도 절대 그러지 않겠습니다, 왕자님.

햄릿 내 칼을 두고 맹세하게. *칼을 내민다*

마셀러스 저희들은 이미 맹세했습니다, 왕자님.

햄릿 신정으로, 내 칼에다 맹세하게.

유령 맹세하라!

유령이 무대 아래에서 외친다

170 **햄릿** 허허, 그대, 그대도 그렇게 말하는가?

거기 있나, 정직한 친구? ―

자자, 지하에 있는 이 친구 소리도 들었지 않나.

맹세한다고 동의하게.

호레이쇼 맹세의 문구를 말씀하십시오, 왕자님.

175 **햄릿** 자네들이 본 일을 절대로 입 밖에 내지 않겠다고

이 칼에 맹세하게.

유령 맹세하라! *두 사람 맹세한다*

햄릿 신출귀몰하는군.

그렇다면 자리를 옮겨 보세. *자리를 옮긴다*

180 이리로 오게, 친구들.

다시 한 번 칼에 손을 얹고 맹세하게.

자네들이 들은 얘기를 절대로 발설 않겠다고,

내 칼에 맹세하게.

유령 맹세하라! *두 사람 맹세한다*

185 **햄릿** 잘한다, 두더지 영감!

어찌 그리도 빨리 땅속을 뚫는가?

훌륭한 공병대 양반이로군!

한 번 더 자리를 옮겨 보세, 친구들.

호레이쇼 아, 참말이지, 기괴한 일이군요!

190 **햄릿** 그래, 그러니까 새로운 손님이라 여기고 반겨 주게.

하늘과 땅 사이엔 *호레이쇼를 향해*

별의별 일들이 다 있다네, 호레이쇼.

인간의 철학으로는 꿈도 꾸지 못할 일들 말이네.

— 하지만 조심하게,

195 여기, 이전처럼, 절대로 신의 자비로움을 구해

내가 아무리 이상하고 별난 행동을 하더라도—

어쩌면 지금부터 내가 미친 사람 행세를

하는 게 좋겠다고 생각할지 모르니—

그런 행동을 할 때, 자네들은 내 행동을 보고,

200 이렇게 팔짱을 끼거나 고개를 흔들면서,

아니면 어떤 의심을 살 만한 말들, 이를테면

'글쎄, 뭐, 우리는 알아' 또는 '마음만 먹으면 알 수 있지'

또는 '우리가 말하려 작정만 한다면',

'말해도 좋다는 사람들만 있다면야'

205 아니면 그와 비슷한 애매한 말을 내뱉으며,

나에 대해 뭔가를 알고 있다는 내색을

비치는 일을 하지 말란 말일세.

그렇게만 해준다면야 자네들에게 가장 도움이 필요할 때,

신의 은총과 자비가 자네들을 도울 걸세. 어서 맹세하게.

210 **유령** 맹세하라! 　　　　　　　　　　　　두 사람 맹세한다

햄릿 진정하라, 진정해, 불안한 혼령아!

—자 친구들, 내 모든 우정을 걸고 나를 자네들에게 맡기네.

그리고 이렇게 보잘것없는 햄릿이지만,

신이 허락하는 한,

215 자네들에게 사랑과 우정을 표할 수 있도록

부족함이 없도록 하겠네. 자, 함께 돌아가세.

그리고 항상 입을 봉해 주게, 부탁이네.

어지러운 시대로구나. 아, 저주받은 운명이여, 　　혼잣말처럼

그걸 바로잡기 위해 내가 태어나다니!

220 자, 함께 들어가세. 　　　　　　　　　　　두 사람에게

　　　　　　　　　　　　　　　　　　　　　모두 퇴장

제2막

2막 1장¹⁰⁾

장면 5

폴로니어스와 레이날도 등장

폴로니어스 레이날도, 이 돈과 편지를 전해 주거라.

돈과 편지를 건넨다

레이날도 알겠습니다, 나리.

폴로니어스 빈틈없이 일을 처리해야 한다, 착한 레이날도.

그 애를 찾아가기 전에

5　품행이 어떤지부터 찾아보는 것이 좋겠다는 말이야.

레이날도 나리, 저도 그럴 셈이었습니다.

폴로니어스 그렇지, 좋아, 아주 좋아. 잘 들어,

우선 파리에는 어떤 덴마크 사람들이 와 있으며,

생활을 어떻게 하는지, 재력은 어느 정도고, 어디서 지내며,

10　어울리는 친구, 돈 씀씀이는 어떤지 물어 봐.

그리고 이런 식으로 에둘러서 사소한 질문을 하다가

그들이 내 아들을 알고 있는 게 맞다면, 내 아들에 대해

구체적인 질문을 하는 것보다

오히려 이게 더 효과가 있을 거야.

15　그 아이에 대해 약간 들어본 적이 있는 척을 하라고.

---

10)　**장소** 엘시노어 왕궁. 4막 3장까지 동일 장소가 이어진다.

말하자면, '그의 아버지와 친구들을 알아요, 그리고
그 사람도 조금은 알고요.' 이렇게 말이야.
내 말 듣고 있지, 레이날도?

레이날도 예, 잘 알겠습니다, 나리.

20 **폴로니어스** '그리고 그 사람도 조금은 알고요, 하지만'
이라고 한 다음에
'잘은 모릅니다만, 그 사람이 맞는다면, 성격이 아주 거칠고,
이런저런 버릇이 있다지요.' 하고,
그 버릇은 적당히 둘러대는 거야.

25 그렇지만 명예를 더럽힐 정도로 심한 것은 안 돼.
— 그건 조심해야 해 —
다만 자유분방한 젊은이에게 흔히 따르는
방종이나 난폭함, 평범한 실수 같은 것은 괜찮지.

레이날도 도박 같은 거요, 나리?

30 **폴로니어스** 그래. 아니면 음주, 칼부림, 욕설, 싸움질,
계집질, 그 정도라면 괜찮아.

레이날도 나리, 그런 건 명예를 더럽힐 텐데요.

폴로니어스 천만에, 네가 어떻게 말하느냐에 달려 있을 뿐.
하지만 그가 소문난 난봉꾼이라는 따위의

35 다른 추문을 보태서는 안 되지.
그건 내 의도가 아니니까. 다만 요령껏 험담을 해서
제멋대로 굴다가 저지른 실수라든지,
불같은 성미가 폭발했다든지,

젊은 혈기에 흔히 있는 난폭함

40 같은 걸로 보이게 하란 말이야.

레이날도 나리, 그렇지만 —

폴로니어스 왜 이런 일을 해야 하느냐고?

레이날도 예, 나리, 그 이유를 알고 싶습니다.

폴로니어스 글쎄, 내 의도는 이런 것이다.

45 그리고 내 딴엔 묘안이라고 생각하지.

네가 내 아들의 이런 결점들을 늘어놓는 거야.

어쩌다가 실언을 한 것처럼 말이지.

잘 들어 봐. 대화 상대, 그러니까 네가 염탐하려는 상대가

네가 험담을 한 청년, 즉 내 아들이 앞서 말한

50 비행을 저지른 것을 본 적이 있다면 반드시

이렇게 맞장구를 치겠지.

'선생'이라든가 아니면 '친구', 아니면 '신사 분',

물론 표현과 호칭이야 신분이나 나라마다

다르겠지만 말이야.

55 **레이날도** 예, 그럴테지요.

폴로니어스 그러면, 그가 이러겠지, 그러니까 그가 —

아, 내가 무슨 말을 하려 했지? 무슨 말을 하려 했는데.

어디까지 했더라.

레이날도 '맞장구를 치겠지'까지, '친구'

60 그리고 '신사 분'까지요.

폴로니어스 그래, '맞장구를 치겠지'까지.

그가 이렇게 말할 거야. '나도 그분을 압니다,
어제 보았지요. 아니 며칠 전이던가?',
아니면 '언제, 또 언제, 누구누구와 함께 있었죠,
65 당신 말처럼 노름을 하고, 술에 잔뜩 취해 있었고,
테니스를 치다 싸움을 벌였죠.' 혹은 어쩌면
'그가 수상쩍은 가게에 들어가는 걸 보았소.'하고 말이지.
말하자면 매음굴 말이야.
그렇게 이런저런 말을 할 거야.
70 이제 알겠지?
거짓 미끼로 진짜 잉어를 낚아채는 거야.
지혜롭고 통찰력이 있는 우리 같은 사람은
옆길로 돌아가 은근슬쩍 찔러보는 법이지.
그러니까 간접 수단으로 진실을 찾아낸단 말일세.
75 그러니 내가 일러준 교훈과 충고대로 따르면,
아들의 행실을 알아낼 수 있어. 알아들었지?
레이날도 알겠습니다, 나리.
폴로니어스 그럼 잘 다녀오너라.
레이날도 알겠습니다.
80 **폴로니어스** 네 눈으로 직접 그 아이의 행실을 살펴봐야 한다.
레이날도 그렇게 하겠습니다, 나리.
폴로니어스 음악 공부도 열심히 하도록 이르게.
레이날도 예, 나리.   퇴장

오필리아 등장

폴로니어스 잘 가거라. — 아니, 오필리아, 무슨 일이냐?

85 **오필리아** 아아, 아버지, 너무 무서웠어요!

폴로니어스 대체 무엇 때문에 그러느냐?

오필리아 아버지, 방에서 바느질을 하고 있는데,

햄릿 왕자님께서 웃옷을 풀어헤치고,

모자도 쓰지 않고, 더러운 양말은

90 대님도 없이 발목까지 흘러내리고,

얼굴은 셔츠처럼 창백해져 무릎을 딱딱 부딪치고,

창백한 얼굴에 슬픈 눈으로,

마치 무서운 얘기를 하려고 지옥에서 풀려나온 사람처럼

제 앞에 나타나셨어요.

95 **폴로니어스** 너를 향한 사랑으로 실성하셨나?

오필리아 모르겠어요, 아버지.

하지만 정말 그런 게 아닐까 싶어서 두려워요.

폴로니어스 뭐라고 하시던?

오필리아 제 손목을 잡고 꽉 움켜쥐셨어요.

100 그러고는 팔 길이만큼 떨어져서는

다른 손으로 이렇게 이마를 가리면서

마치 그림이라도 그리려는 듯

제 얼굴을 뚫어져라 쳐다보셨어요. 그렇게 한참을 있었죠.

마침내, 제 팔을 약간 흔들고

105 머리를 이렇게 세 번 끄덕이더니,

온몸이 산산조각 나고 숨이 끊어질 듯이

처량하고 깊은 한숨을 쉬셨어요.

그러고는, 저를 놔주셨어요.

그리고 어깨 너머로 저를 향해 고개를 돌리고

110 보지도 않고 길을 찾아가듯,

문을 나서면서까지도 앞을 보지 않고

끝까지 제게서 시선을 떼지 않으셨어요.

폴로니어스 자, 함께 가자. 전하를 뵈어야겠다.

상사병으로 단단히 미쳤구나.

115 이 병이 격하게 발작하면 결국 자제력을 잃고

스스로를 파괴하며 절망적인 행동으로 몰아가게 된단다.

하늘 아래, 사람의 본성을 괴롭히는

모든 열정이 흔히 그렇듯이 말이지. 유감이구나.

뭐, 최근에 그분께 심한 말을 한 적은 없느냐?

120 **오필리아** 아뇨, 아버지. 다만 아버지의 분부대로

왕자님께 편지를 돌려보내고

찾아오지 마시라고 했을 뿐이에요.

폴로니어스 그래서 실성하셨구나. 내가 경솔했어.

그분을 좀 더 주의 깊게 판단하고 신중하게 살폈어야 하는데.

125 나는 그저 왕자님이 너를 희롱하고 망칠까 걱정했지.

내 의심이 원망스럽구나!

우리 나이에는 보통 만사를 지나치게

앞서 생각하는 것 같구나.

젊은이들이 보통 분별력이 없는 것처럼

130　말이야. 자, 전하께 가자.

이 일을 아뢰어야겠다. 덮어두었다가 더 큰

낭패를 당하는 것보다 밝히고 꾸중을 듣는 세 낫다.

모두 퇴장

2막 2장

장면6

요란한 나팔 소리,

왕, 왕비, 로젠크란츠, 길든스턴, 시종들 등장

왕　어서 오게, 친애하는 로젠크란츠와 길든스턴.

오래전부터 자네들을 만나보고 싶었거니와

자네들에게 긴히 맡길 일이 있어 급히 들어오라 했네.

어느 정도 들어 알고 있겠지만

5　햄릿이 완전히 딴사람이 되었네 — 내가 그렇게 말하는 것은

겉모습뿐만 아니라 정신까지 예전과는 다르기 때문이지.

선왕께서 돌아가셨다는 이유 말고

도대체 무엇 때문에 그토록 이성을

잃은 것인지 과인은 도무지 모르겠어.

10   자네들에게 간청하는데, 두 사람은

        아주 어려서부터 그와 함께 자란 터라

        햄릿의 어린 시절과 기질을 잘 알고 있을 것이니

        잠시 이 궁중에 머물며 그의 벗이 되어

        그를 즐겁게 해 주고, 기회가 닿는 대로

15   과인이 알지 못하는 무슨 일이 그를

        저렇듯 괴롭히는지 알아봐 주게.

        원인을 알게 되면 과인이 치료해

        줄 수도 있지 않겠는가.

        거트루드 햄릿은 자네들 얘기를 많이 했지.

20   그리고 난 두 사람만큼 세상에서

        그가 정을 기울이는 사람은 없다고 확신하네.

        자네들이 친절과 호의를 베풀어

        얼마 동안 우리와 함께 지내면서

        우리가 바라는 대로 힘이 되어 준다면,

25   이번 방문의 대가로 오직 전하께서만

        내릴 수 있는 보답을 받을 걸세.

        로젠크란츠 두 분 마마께서는

        저희들에 대한 지엄하신 군주의 권한으로

        고귀한 뜻을 간청하시기보다는 분부를 내려주십시오.

30   **길든스턴** 저희 두 사람 분부 받들겠습니다.

        한 치의 망설임 없이 저희를

        전하의 발밑에 바칠 것이며,

분부대로 따를 것입니다.

왕 고맙소, 로젠크란츠, 길든스턴.

35 **거트루드** 고맙소, 길든스턴, 로젠크란츠.
    그러면 즉시 가서 너무나도 변해버린 내 아들을
    만나 주게. ─ 여봐라, 이 두 분을
    햄릿 왕자가 있는 곳으로 모셔라.

    길든스턴 하늘이여, 저희들이 이곳에 머물며
40 왕자님께 즐거움과 도움을 드릴 수 있게 해주소서.

    거트루드 아멘.

                    모두 퇴장 [로젠크란츠와 길든스턴, 시종들]

폴로니어스 등장

폴로니어스 전하, 노르웨이에 파견됐던 사신들이
기쁜 소식을 가지고 돌아왔습니다.

왕 경은 언제나 기쁜 소식만을 전해주는 구려.

45 **폴로니어스** 그렇습니까, 전하? 확실히 말씀드리건대,
저는 제 영혼을 지키듯이 하늘과 자비로우신
전하를 섬기는 제 의무를 고수하고 있습니다.
그리고 제 생각에, 저의 이 머리가
예전의 명민함을 잃지 않았다면,
50 햄릿 왕자님이 실성하게 된 원인을
찾아낸 듯합니다.

왕 아, 말해 보시오, 정말 궁금했던 바요.

폴로니어스 먼저 사신들을 접견하시지요.

제 소식은 그 성대한 잔치 뒤에 맛볼 후식이 될 것입니다.

55 **왕** 경이 직접 영접하도록 하시오. ―   폴로니어스 퇴장

왕비, 폴로니어스 경의 말로는

햄릿이 실성한 원인을 찾아냈다고 하오.

거트루드 선왕의 승하와 우리들의 너무 성급한 결혼,

이게 가장 큰 원인일 터인데 이밖에 뭐가 있겠어요?

60 **왕** 어쨌든 그에게 자세히 물어 봅시다.

폴로니어스, 볼티멘드, 코넬리어스 등장

―경들 어서 오시오.

자, 볼티맨드 경,

우리의 우방인 노르웨이 왕의 회신은 무엇이오?

볼티맨드 전하의 친서에 정중한 답례와 인사를 주셨습니다.

65 말을 꺼내기가 무섭게 사람을 보내

그분 조카의 모병을 중지시키셨습니다.

그분은 폴란드 정벌을 위한 준비로 아셨다 합니다.

그러나 자세히 조사해본 결과,

모병이 전하를 겨냥한 것임을 알아차리시고,

70 자신이 늙고 병들어 무력한 탓에,

조카에게 기만당했다고 통탄하시며

포틴브라스를 체포할 것을 명하셨습니다.

그리고 포틴브라스는, 간략히 말하면,

명령에 복종했고, 국왕의 질책을 받아들였으며

75 다시는 전하께 무력 도발 하지 않겠다고

자기 숙부 앞에서 맹세했습니다.

그러자 노르웨이의 노왕께서는 매우 기뻐하시며

그에서 연금 3천 크라운을 하사하시고

이미 모집한 군사들은 폴란드 정벌에 사용해도

80 좋다고 그 권한을 위임하셨습니다.

아울러 여기 문서에 적힌 대로,　　　　　　　　**문서를 건넨다**

폴란드 원정을 위한 군대가 전하의 영토를

안전하게 통과하기를 간청하고 있습니다.

전하 영토의 안전과 진군의 행동 규범 등에 대해서는

85 여기 이 문서에 적혀 있습니다.

왕 정말 기쁜 소식이오.

이 건에 대해서는 보다 숙고하여 읽고, 검토하고,

답하도록 할 것이오.

우선 훌륭히 일을 마친 경들의 수고를 치하하오.

90 물러가서 쉬시오. 오늘밤에는 축연을 열 것이오.

귀국을 정말 환영하오!　　　　　　　　　　**사신들 퇴장**

폴로니어스 이 일은 잘 처리되었습니다.

전하, 왕비마마, 왕권은 무엇인고 신하의 의무는

무엇인지, 왜 낮은 낮이고 밤은 밤이며,

95 시간은 시간인지를 따지는 것은

밤과 낮과 시간을 낭비하는 일일 뿐입니다.

그러므로 간결함이야말로 지혜의 정수이고,

장황함은 그 수족이요, 겉치레에 불과하니,

간결하게 말씀드리겠습니다.

100 햄릿 왕자님은 실성하셨습니다.

실성이라 말씀드리는 것은, 진정한 실성을 정의하는 데 있어

그 말 외에는 달리 표현할 길이 없기 때문입니다.

그건 그렇다 치고—

거트루드 말재간은 그만 부리고 핵심을 말해 주시오.

105 **폴로니어스** 왕비마마, 맹세컨대,

저는 말재간을 부리는 게 아닙니다.

왕자님이 실성하신 건 사실이고, 그 사실은 유감이며,

유감이라는 게 사실입니다. 어리석은 수사법이군요.

더 이상 말재간은 부리지 않겠습니다.

110 왕자님께서 실성했다 치면, 이제 남은 일은

이런 결과가 벌어진 원인을 찾아내는 것입니다.

다시 말해, 이 실성의 원인을 파악하는 일이지요.

실성이란 결과는 그 원인이 있기 마련이니까요.

그래서 이런 문제가 남았는데, 그건 이렇습니다.

115 생각해보십시오. 제게 딸이 하나 있는데—

그 애가 제 것인 동안만 제게 있는 거지만요—

그 애가 의무와 복종을 다하여, 보십시오.　　　편지를 보인다

이걸 아비에게 주었습니다. 자, 헤아려보십시오.   *편지 읽는다*

'거룩하고 내 영혼의 우상이며 더없이 미화된 오필리아에게—'

120 나쁜 표현이군, 사악한 표현이지.

'미화된'은 사악한 표현이야. 하지만 들어 주십시오.

'당신의 새하얀 가슴에, 이 말을—',

거트루드 햄릿이 따님께 이 편지를 보냈단 말이오?

폴로니어스 왕비마마, 잠시 기다려 주세요. 마저 읽겠습니다.

125 '별이 불덩이인 것을 의심하고,   *읽는다*

태양이 움직이는 것을 의심하고,

진실이 거짓이 아닐까 의심할지라도,

나의 사랑만은 의심 마오.

오, 사랑하는 오필리아, 나는 시를 잘 쓰지 못하오.

130 내 탄식에 운율을 맞출 재주는 없소.

그러나 내가 그대를 가장 깊이,

오 무엇보다도 깊이 사랑한다는 것을 믿어 주시오.

안녕. 가장 사랑하는 여인이여, 이 몸이 내게 속하는 한,

나는 영원히 그대의 것, 햄릿으로부터.'

135 딸애가 이 편지를 아비인 저에게 순순히 보여 주었습니다.

그뿐만 아니라 햄릿 왕자님께서 어느 때,

어떤 방법으로, 어디서 구애를 하셨는지도

제게 모두 털어놓았습니다.

왕 오필리아는 햄릿의 사랑을 어떻게 했소? 받아들였소?

140 **폴로니어스** 전하는 저를 어떻게 생각하십니까?

왕 그대는 신의와 명예를 갖춘 사람이오.

폴로니어스 저 또한 그러길 원합니다.

만약 전하라면 어떻게 생각하셨을까요?

이 뜨거운 사랑이 날개를 펴는 걸 제가 보았을 때—

145 사실 딸애가 말하기 전부터

이미 눈치를 채고 있었습니다만— 전하께서는, 혹은

여기 경애하는 왕비마마께서는 어떻게 생각하셨을까요?

제가 만일 침묵을 지키며 정보를 숨기거나,

아니면 마음의 눈을 감고 벙어리처럼 입을 다물거나,

150 아니면 이 사랑을 그저 수수방관 했다면요?

전하께서는 어떻게 생각하셨을까요?

네, 저는 즉시 손을 썼습니다.

그리고 제 어린 딸에게 이렇게 일렀습니다.

'햄릿 전하는 왕자요, 네가 넘볼 분이 아니시다.

155 이건 안 될 일이다.'

그러고는 왕자님을 절대 가까이하지도 말고,

심부름꾼도 들이지 말고

선물도 거절하라고 훈계했습니다.

딸아이는 제 충고를 받아들였습니다.

160 그런데 거절당한 왕자님께서는— 간단히 말씀드려서—

실의에 빠지셨죠, 그리고는 식음을 전폐하시고,

그러다 불면증에 걸리시고, 그 다음에 쇠약해지시고,

그러다 어지럼증에 걸리시고, 그렇게 점점 나빠진 나머지

지금은 헛소리를 하는 실성한 지경에 이르신 겁니다.

165 그리고 우리 모두 슬픔에 빠진 거고요.

왕 당신도 그 때문이라 생각하오?　　　　　　*거트루드에게*

거트루드 그럴 수도 있죠. 가능한 얘기예요.

폴로니어스 제가 '이건 이렇습니다'라고 단언해서

그렇지 않다고 밝혀진 적이 있었습니까?

170 **왕** 과인이 알기론 없었소.

폴로니어스 이것이 사실이 아니라면

이걸 여기에서 떼버리십시오.　　　*자신의 머리와 어깨를 가리킨다*

실마리를 잡으면 진실이 숨겨진 곳을

찾아내겠습니다. 설령 그것이 지구의 중심에

175 숨겨져 있다 해도 말입니다.

왕 어떻게 더 알아볼 수 있단 말이오?

폴로니어스 아시다시피 왕자님께서는

가끔 이 복도를 몇 시간이고 서성거리곤 합니다.

거트루드 맞아요, 그렇지요.

180 **폴로니어스** 그때 딸애가 왕자님과 마주치도록 해놓겠습니다.

전하와 저는 그때 휘장 뒤에 숨어 있는 겁니다.　　　*왕에게*

그리고 두 사람이 만나는 걸 살피는 거지요.

왕자님께서 제 딸애를 사랑하지 않고,

또 사랑 때문에 실성한 것이 아니라면

185 저는 국사를 보필하는 자리를 물러나

시골에서 농사짓고 수레나 끌겠습니다.

왕 한번 해봅시다.

햄릿, 책을 읽으며 등장

거트루드 저기 보세요.

가엾은 것이 진지하게 책을 읽으며 걸어오고 있습니다.

190 **폴로니어스** 가십시오. 두 분께서는 자리를 피해 주십시오.

제가 바로 말을 걸어 보겠습니다. 제게 맡겨 주십시오. ―

왕과 왕비, 시종들 퇴장

햄릿 왕자님, 안녕하셨습니까?

햄릿 잘 있네. 고맙군.

폴로니어스 왕자님, 제가 누군지 아시겠습니까?

195 **햄릿** 물론, 알고말고. 생선장수가 아닌가.

폴로니어스 그렇지 않습니다, 왕자님.

햄릿 그러면 생선장수만큼 정직한 사람이었으면 좋겠군.

폴로니어스 정직한 사람이라고요, 왕자님?

햄릿 그렇다네, 요즘 세상에 정직한 사람이란

200 만에 하나 될까 말까지.

폴로니어스 그건 정말 사실입니다, 왕자님.

햄릿 만일 태양이 죽은 개 속에 구더기를 슬게 한다면,

햇빛은 썩은 고기에 입을 맞추는 셈이지 ―

그런데 자네에게 딸이 있던가?

205 **폴로니어스** 예 있습니다, 왕자님.

햄릿 햇볕 속을 걷게 하지 마. 지혜가 부푸는 건 축복이지만,

딸의 배가 부풀어 오르면 큰일이니까. 조심해야 하네, 친구.

폴로니어스 대체 무슨 말이지? 방백

여전히 내 딸 타령이군.

210 하지만 처음엔 날 몰라보고 생선장수라 했잖아.

미쳐도 한참 미쳤어. 나도 젊었을 때 사랑에 빠져

거의 이만큼이나 몸살을 앓긴 했지. 다시 말을 건네 보자. ―

뭘 읽고 계십니까, 왕자님?

햄릿 말, 말, 말일세.

215 **폴로니어스** 어떤 내용[11]입니까?

햄릿 누구와 누구 사이의 말이냐고?

폴로니어스 읽고 계시는 내용 말입니다, 왕자님.

햄릿 험담일세. 여기 입이 건 친구 하나가 써놓길

늙은이들은 수염이 희고, 얼굴은 쭈글쭈글하고,

220 눈에는 두꺼운 나뭇진 같은 눈곱이 흘러나오며

정신은 아주 혼미하고, 다리는 약하다고 하는군.

하나하나 옳은 말이지만, 그래도

이런 식으로 써 놓은 건 점잖지 못한 일이야.

자네도 나처럼 나이가 들 테니까.

225 만약 게처럼 뒷걸음 칠 수 있다면 말이야.

폴로니어스 미치광이 말이긴 하지만, 방백

---

11) 폴로니어스가 내용이 뭐냐고 묻는 말을 햄릿은 분쟁(dispute)의 원인이 뭐냐는
말로 알아듣는다.

그 안에 조리가 서 있군. —

왕자님, 바람이 차니 안으로 드실까요?

햄릿 내 무덤 속으로?

230 **폴로니어스** 하긴 그렇군.　　　　　　　　　　　　　방백

거기도 바람 없는 곳이니까. —

이따금씩 의미심장한 대답을 한단 말이야!

미치광이도 때로는 아주 그럴 듯한 말을 하기는 하지.

이성과 제정신으로는 그렇게 절묘하게 표현할 수 없지.

235 그만 가서 당장 왕자님과 딸애를 만나게 할 궁리를

해봐야겠다.

존경하는 왕자님, 이제 그만 물러가도록 허락해 주십시오.

햄릿 이보게, 자네가 물러가는 것보다

내가 더 기꺼이 허락할 일은 없어 —

240 내 목숨은, 내 목숨은 제외하고.

폴로니어스 물러갑니다, 왕자님.

햄릿 지겹고 멍청한 늙은이 같으니.

로젠크란츠와 길든스턴 등장

폴로니어스 햄릿 왕자님을 찾으러 가는구면.

저기 계시다오.

245 **로젠크란츠** 안녕히 가십시오.　　　　　　　폴로니어스에게

플로니어스 퇴장

길든스턴 왕자님, 문안드립니다!

로젠크란츠 왕자님, 안녕하십니까?

햄릿 참으로 훌륭한 친구들!　　　　　　책을 덮으며

어떻게 지냈나, 길든스턴?

250　아, 로젠크란츠! 좋은 친구들, 두 사람 어떻게 지냈나?

로젠크란츠 그럭저럭 지냈습니다.

길든스턴 행운이 과하지 않아 행운입니다.

행운의 여신 머리 꼭대기에는 가지 못했습니다.

햄릿 그렇다고 여신의 발바닥도 아니겠지?

255　**로젠크란츠** 예, 왕자님.

햄릿 그렇다면 여신의 허리쯤인가,

아니면 한가운데에서 총애를 받고 있나?

길든스턴 네, 여신의 배꼽 밑쯤에서 살고 있습니다.

햄릿 여신의 은밀한 곳에?

260　아, 그건 사실이야. 행운의 여신은 음탕하니까.

그래, 새로운 소식이라도 있는가?

로젠크란츠 없습니다, 왕자님.

세상이 정직해졌다는 것 말고는요.

햄릿 그렇다면 심판의 날이 가까웠군.

265　하지만 자네 얘기는 사실과 달라.

좀 더 구체적으로 묻겠네.

대체 왜 그 행운의 여신이 자네들을 이 감옥까지 보냈나?

길든스턴 감옥이라뇨, 왕자님!

햄릿 덴마크는 감옥일세.

270 **로젠크란츠** 그러면 이 세상도 감옥이겠군요.

햄릿 커다란 감옥이지. 거기에는 수많은 구치소와 감방,

지하 소굴이 있는데, 그중에 덴마크가 최악이지.

로젠크란츠 저희는 그렇게 생각하지 않습니다. 왕자님.

햄릿 그래, 그러면 자네들에게는 아닌가 보군.

275 원래 좋고 나쁜 건 따로 없고,

그저 생각하기에 달린 것이니까.

내게는 여기가 감옥이란 말일세.

로젠크란츠 그건 왕자님의 야망 때문이지요.

왕자님의 포부를 담아내기에 덴마크는 너무 좁으니까요.

280 **햄릿** 아아, 호두 껍데기 속에 갇혀 있어도

나는 무한한 우주를 지배하는 왕이라 자처할 수 있네.

악몽에 시달리지만 않는다면 말이야.

길든스턴 그 꿈이 바로 야망이지요.

그 야망의 실체란 것은 꿈의 그림자에 불과하니까요.

285 **햄릿** 꿈 그 자체가 그림자에 불과하네.

로젠크란츠 지당한 말씀입니다.

야망이라는 건 너무나 가볍고 공기 같은 것이라

그림자의 그림자에 지나지 않습니다.

햄릿 그렇다면 거지들이 실체고,

290 군주와 야심에 찬 영웅들은 거지의 그림자에 불과한 셈이군.

궁전으로 들까?

정말이지 난 이치를 따지는 데는 약하니까.

로젠크란츠와 길든스턴 저희들이 모시겠습니다.

햄릿 아니야, 난 자네들을 다른 시종들처럼 대하지 않을 걸세.

295 왜냐하면, 솔직히 말해서,

난 지겨울 정도로 시중을 받고 있거든.

그런데 우리의 오랜 우정을 믿고 묻네만

엘시노어에는 무슨 일로 왔나?

로젠크란츠 왕자님을 뵈러 왔을 뿐, 다른 일은 없습니다.

300 **햄릿** 난 지금 거지와 다름없는 신세라

감사의 표시도 궁색하네만 아무튼 고맙네.

그래, 친구들, 내 감사는 반 푼어치도 못되겠지.

자네들 누가 불러서 온 게 아닌가? 자발적으로 왔나?

정말 오고 싶어서 온 거야? 자, 솔직하게 말해보게.

305 자, 자, 어서 말해 보라니까.

길든스턴 무슨 말을 해야 할까요, 왕자님?

햄릿 그야, 아무거나, 하지만 사실대로 대답하게.

누가 불러서 왔겠지?

얼굴에 그렇게 쓰여 있네. 자네들은 정직해서

310 그걸 감출만한 재주가 없거든. 왕과 왕비께서

자네들을 부른 걸 다 알고 있네.

로젠크란츠 무엇 때문요, 왕자님?

햄릿 내가 알고 싶은 게 그거네. 친구로서의 도리로 보나,

같은 젊은이로써의 우정으로 보나,

315 변함없는 사랑의 의무로 보나,

그리고 이보다 더 훌륭한 말로 자네들에게 간청할 수

있는 게 있다면 그것으로 자네들에게 간청할 텐데.

불러서 왔는지 아닌지 솔직히 말해주게.

로젠크란츠 어떻게 하지?   *길든스턴에게 방백*

320 **햄릿** 솔직하게, 내가 지켜보고 있으니. ―   *방백?*

나를 아낀다면, 감추지 말게.

길든스턴 왕자님, 부름을 받고 왔습니다.

햄릿 그 이유를 내가 말해 주지.

그러면 자네들이 털어놓기 전에 내가 알아맞힌 셈이니,

325 전하나 왕비마마께 비밀을 지키기로 한

신의도 손상되지 않을 걸세. 나는 요즘 ―

무슨 이유인지는 모르지만 ―

온갖 즐거움을 다 잃어버리고,

평소 즐기던 것들을 다 버렸네.

330 그리고 사실은 내 마음이 너무나 우울하여

이 훌륭한 모습의 산천대지도

바다에 떠있는 황량한 땅덩이로 보이고,

더없이 장대한 저 대기, 보게나, 머리 위로 펼쳐진 찬란한 하늘,

황금빛 별들로 수놓인 이 장엄한 지붕,

335 글쎄, 이 모든 것들이 내게는

더럽고 병균으로 오염된 증기 덩어리로 밖에 보이지 않아.

인간이란 참으로 걸작이 아닌가!

이성은 얼마나 고귀하고, 능력은 얼마나 무한하며,

생김새와 움직임은 얼마나 우아하고 놀랍고,

340 행동은 얼마나 천사 같고, 이해력은 얼마나 신 같은가!

이 세상의 아름다움이요, 동물의 귀감이지 ―

헌데, 나는 그저 먼지 중의 먼지일 뿐이야.

인간에게서 어떤 즐거움도 느낄 수 없거든. ―

그래, 여자도 마찬가지야.

345 웃는 것을 보니, 자네들은 그렇지 않다고 말하는 것 같네만.

로젠크란츠 왕자님, 절대 그렇게 생각하지 않습니다.

햄릿 그럼, 내가 '인간에게서

어떤 즐거움도 느낄 수 없어.'라고 했을 때, 왜 웃었나?

로젠크란츠 왕자님께서 인간이 즐겁지 않으시다면,

350 배우들은 왕자님께 얼마나 푸대접을 받을까

하는 생각이 들었기 때문입니다.

저희가 배우들을 앞질러 왔는데,

그 사람들은 왕자님께 연극을 보여 드리려고

지금 이리로 오는 중입니다.

355 **햄릿** 국왕 역을 맡은 배우는 대환영이야.

배우 전하께서는 나의 감사 표시를 받을 것이고,

무예를 닦는 기사 역에게는 창과 방패를 휘두르게 하고,

애인 역을 맡은 이는 탄식하지 않을 것이며,

성질 고약한 자는 무사히 자기 역을 끝내게 해주고,

360 광대는 건들기만 하면 웃음보가 터지는 자들을 웃길 것이며,

숙녀는 마음껏 속내를 털어놓게 하겠네. 그렇지 않으면

대사의 흐름이 끊길 테니까. 헌데 어떤 배우들인가?

로젠크란츠 왕자님께서 좋아하시던 도시의

비극 배우들입니다.

365 **햄릿** 그들이 왜 순회공연을 다니지?

도시에 있는 편이 명성이나 수입 면에서 더 나을 텐데.

로젠크란츠 최근에 정치적인 사건이 있어서

공연이 금지된 모양입니다.

햄릿 지금도 전에 내가 도시에 있을 때처럼

370 인기가 여전한가? 그때처럼 관객들이 많은 편인가?

로젠크란츠 아닙니다. 전혀 그렇지 않습니다.

햄릿 왜 그렇지? 실력이 예전만 못한가?

로젠크란츠 아닙니다, 왕자님. 예전처럼 열심히 하고 있죠.

그런데 새끼 매 같은 어린 배우들의 극단이

375 새된 소리로 경쟁을 벌이고 있으며

굉장한 박수갈채를 받고 있습니다.

이런 어린 극단이 유행이 되고,

통속극은, ─ 사람들이 그렇게 부릅니다 ─

혹평을 받아 멋을 좀 부린다는 신사들도 저쪽 작가들의

380 조롱이 두려워 이쪽 극장에는 얼씬도 안 합니다.

햄릿 뭐라고? 어린 극단이라고?

누가 운영하지? 그리고 누가 후원을 하나?

그 애들은 변성기가 되기 전까지만

배우 노릇을 한단 말인가?

385 그 애들이 자라 성인 배우가 되면 — 뾰족한 수도 없이,
그럴 것이 뻔한데 — 자기들 장래를 망쳐놨다고
작가들을 원망할 것이 아닌가?

로젠크란츠 정말이지, 양쪽에서 서로 말이 많았습니다.
사람들도 이 싸움을 부추기면서 가책을 느끼지도
390 않고요. 그래서 한때는 이 문제로 작가와 배우들이
다투는 장면을 넣지 않으면
그 작품에는 아무도 돈을 대지 않았습니다.

햄릿 그럴 수가?

길든스턴 아, 정말이지 굉장한 싸움이었습니다.

395 **햄릿** 어린 극단이 이겼나?

로젠크란츠 예, 그렇습니다.
헤라클레스와 그 짐12)까지 가져갔습니다.

햄릿 하긴, 이상할 것도 없지. 숙부가 덴마크 왕이니까.
아버지 살아 계셨을 때는 숙부에게 얼굴을 찌푸렸던
400 사람들이 왕의 조그만 초상화 한 점에 이십, 사십 더컷,
심지어 백 더컷까지 내놓는 판이니까.
이건 뭔가 자연스럽지가 않아.
학문이 그 이유를 찾아낼 수 있을지 모르지만.

---

12) 셰익스피어가 전속 극작가로 있던 글로브 극장의 상징물은 헤라클레스와 그가
   어깨에 짊어진 구였다.

배우들을 위한 나팔소리

길든스턴 배우들이 도착했습니다.

405   **햄릿** 자네들, 엘시노어에 잘 왔네. 자, 손을 이리 주게.

환영에는 예절과 의식이 따라야 하니까.

악수로 예의를 갖추겠네. 배우들에 대한 내 환대가—

외견상 공평해야 한다고 말해두겠네만—

자네들보다 더 나아 보여서는 안 될 테니까. 잘 와 주었네.

410   하지만 내 숙부 겸 아버지와 숙모 겸 어머니는 속고 계시네.

길든스턴 무엇을 말입니까, 왕자님?

햄릿 내 광기는 그저 바람이 북서풍으로 불 때 뿐이야.

남풍이 불면 매와 왜가리쯤은 구별한단 말일세.

폴로니어스 등장

폴로니어스 아, 두 분, 안녕하시오.

415   **햄릿** 길든스턴, 그리고 자네도—귀 좀 빌리세—

저기 있는 저 큰 애기는 아직도 기저귀를 벗지 못하고 있네.

로젠크란츠 아마 두 번째로 차는 기저귀일 겁니다.

노인은 애들보다 두 배로 어리다고 하니까요.

햄릿 맞춰 볼까? 배우들이 왔다고 알리러 온 거겠지.

420   들어보게.—자네 말이 맞네.

월요일 아침이었지, 틀림없이, 그때였지.13)

폴로니어스 왕자님, 알려 드릴 말씀이 있습니다.

햄릿 왕자님, 알려드릴 말씀이 있습니다.

로스키우스가 로마에서 배우로 있을 때 —

425 **폴로니어스** 배우들이 도착했습니다, 왕자님.

햄릿 허튼 소리!

폴로니어스 정말입니다 —.

햄릿 그때 배우들은 각자 나귀를 타고 왔지 —

폴로니어스 세계 최고의 배우들입니다. 비극, 희극, 사극,

430 목가극, 목가적 희극, 사극적 목가극, 비극적 사극,

희비극적 사극적 목가극, 장소의 일치를 지키는 고전극이든,

그렇지 않은 자유극이든 뭐든지 합니다.

세네카의 비극도 너무 무겁지 않고

플라우투스 희극 또한 경박하지 않습니다.

435 극작법을 따른 극이든 자유극이든,

이들을 따를 배우들이 없습니다.

햄릿 아, 이스라엘의 판관, 입다14)여,

그대는 훌륭한 보물을 가졌도다.

폴로니어스 보물이라뇨, 왕자님?

---

13) 햄릿이 폴로니어스를 보고 친구들과 이야기를 나누는 척한다.

14) Jephthah 성서에 나오는 인물로, 전쟁에서 이기면 귀향길에 맨 처음 만나는 생명을 제물로 바치기로 맹세했으나, 처음 만난 것이 자신의 딸이었고 그 맹세를 지켰다.

440   **햄릿** 그야 물론,

'아리따운 딸 하나뿐이라.

끔찍이도 사랑했네.'

폴로니어스 여전히 내 딸 얘기로군.   방백

햄릿 입다 영감, 왜 내 말이 틀렸소?

445   **폴로니어스** 저보고 입다라고 하신다면, 왕자님.

하기야 제게도 끔찍이 사랑하는 딸이 하나 있습니다.

햄릿 아니야, 앞뒤가 맞지 않아.

폴로니어스 그럼 어떻게 하면 맞겠습니까, 왕자님?

햄릿 그야,

450   '신만이 아는 운명 따라',

그리고 그 다음은, 아시겠지.

'일이 일어났네, 세상사 그렇듯이' —

더 자세히 알려면 성가의 첫줄을 보라고.

저기 내 노래를 잘라먹는 사람들이 오고 있으니까.

배우들 네댓 명 등장

455   어서들 오시게, 명배우들. 다들 잘 왔네. — 모두 반갑네.

어서 오게, 좋은 친구들. — 아, 옛 친구!

지난번에 봤을 때와는 달리 수염이 덥수룩하구먼.

수염으로 내게 맞서려 덴마크에 왔나?

— 여어, 아가씨와 부인역이군!

460 맹세코, 지난번에 봤을 때보다 굽 높이만큼 하늘에 가까워졌군.

목소리가 못쓰게 된 금화마냥 금가는 일이 없기를.

명배우 여러분, 반갑소.

우리는 프랑스 매 사냥꾼들을 닮았는지

아무거나 눈에 띄는 대로 덤벼든다네.

465 대사 한 꼭지를 당장 읊어 보게나.

자, 자네들 솜씨를 어디 한번 보여주라고.

아주 비장한 놈으로 말이야.

배우1 어떤 대목을 할까요, 왕자님?

햄릿 언젠가 내게 읊어주었던 것이 있지 않나.

470 공연된 건 아니지만 말야. 있었다 하더라도 한 번뿐일 걸세.

내 기억으로는 큰 호응을 받지 못했으니까.

일반 대중에게는 캐비어 같은 음식이지.

하지만 그건 ― 나뿐만 아니라,

이 방면에서 나보다 훨씬 판단력이 뛰어난 사람들한테는―

475 장면 구성도 좋고, 교묘하리만큼 절제 있게 씌어진

탁월한 연극이었어. 누군가 말하기를,

문장에 맛을 내려고 마구 양념을 치거나,

문체에 겉멋을 부렸다고 작가가 욕먹을 부분도 없이,

정직한 방식을 구사해서, 재미가 있으면서도 수수하고,

480 기교보다는 품위가 있는 작품이라고 했지.

내가 제일 좋아하던 대목은

아이네이아스15)가 디도 여왕에게 이야기하는 부분인데,

그중에서도 특히 프리아모스 왕의 최후 장면이네.

자네 기억이 나면 그 행부터 시작해보게 ―

485   보자, 어디 보자 ―

'야만인 피로스, 히르카니아의 호랑이처럼' ― .

아니지, 아니지. 피로스로 시작은 되지만.

'야만인 피로스, 불길한 목마 속에

쭈그리고 앉았을 때, 칠흑 같은 갑옷은

490   그의 의도처럼 검은 밤을 닮았더니,

이제 그 무섭고 검은 모습이 더욱 끔찍한

문양으로 덮였도다. 머리에서 발끝까지

아버지, 어머니, 딸, 아들들의 피로

온통 시뻘겋게 물들었고, 그 피는

495   타오르는 거리의 불길에 말라 굳었고,

거리는 냉혹하고 저주받은 빛을 그 주인의

사악한 살인에 비추는구나. 분노와 화염 속에

굳어진 피딱지를 온몸에 덮어쓰고

석류석 같은 눈빛에 지옥 형상을 한 피로스가

500   노왕 프리아모스를 찾아 나선다.'

다음은 자네가 계속하게.

폴로니어스 왕자님, 정말 대사를 잘하십니다.

---

15) **Aeneas** 트로이 전쟁이 끝난 후 아이네이아스는 디도 여왕이 있는 카르타고로 간
다. 그는 디도 여왕이 그를 사랑하게 된 이야기와 자신의 경험담을 들려준다.

억양도 좋으시고 의미 전달도 훌륭하십니다.

배우1 '그는 곧 노왕을 찾았는데,

505 노왕은 그리스군에 역부족이고

그의 낡은 칼은, 자기 팔에 반역하듯

명령에 복종 않고 땅에 떨어지고,

적수가 되지 않는 프리아모스에게

피로스가 칼을 휘두르지만 분노에 빗나갔소.

510 그러나 공을 가르는 칼바람에 힘없는 노인은 쓰러졌고,

무심한 일리움 성도 일격을 당한 듯,

누각이 불타며 바닥으로 무너지니,

오싹한 굉음으로 피로스의 두 귀를 잡았다오.

보라, 노왕 프리아모스의 백발 머리를 내려치던

515 그의 칼이 허공에 얼어붙어 꼼짝 않는구나.

그림 속의 폭군인 양, 피로스는 꼼짝 않고 서서

그의 뜻과 실행 사이에서 어찌할 바를 모르는 듯

아무 짓도 못하였소.

그러나 우리가 종종 보듯,

520 폭풍 전에 하늘은 고요하고 구름은 미동도 않고

거센 바람은 입을 다물고,

그 밑에 대지는 죽은 듯 조용하나,

이내 끔찍한 천둥이 허공을 찢는다.

피로스는 정지 후에 복수심이 되살아나 다시 움직이고,

525 그 강도가 영원하도록 벼려 만든 마르스의 갑옷을

키클롭스[16]가 철퇴로 내려칠 때만큼이나

무자비하게 피에 젖은 피로스의 칼이

이제 프리아모스를 내려치오.

물러가라, 물러가라, 너 부정한 운명의 여신아!

530 하늘의 제신이여, 모두 모여 그녀의 힘을 뺏고,

물레의 바퀴살과 테를 다 부수고

바퀴통을 굴려 굴려, 하늘 언덕 저 아래

깊숙이 악마들에게 떨어지게 하소서!'

폴로니어스 이건 너무 깁니다.

535 **햄릿** 경도 수염과 함께 이발소에 가야겠군. — 계속하게.

저 사람은 촌극이나 음담패설 따위가 아니면 잠들어 버리니.

계속하게, 헤카베[17]로 가야지.

배우1 '그렇지만 아, 누가 보았으리오,

베일로 가린 왕비의 모습을 —'

540 **햄릿** '베일로 가린 왕비의 모습'이라.

폴로니어스 참 좋군요. '베일로 가린 왕비의 모습', 좋습니다.

배우1 맨발로 이리저리 허둥대며, 쏟아지는 눈물은

불길을 위협하고, 최근까지 왕관이 있던 머리에는 천 조각이,

545 다산으로 지쳐 야윈 허리에는 비단옷은 간데없고

공포에 질려 엉겁결에 걸친 담요자락밖엔 없었더라.

---

16) Cyclops 외눈박이 거인으로 대장장이의 신 불카누스 아래서 신들이 입는 갑옷을
만들었다.

17) Hecuba 프리아모스 왕의 부인.

이런 모습을 보았다면 그 누군들 독에 담근 혀끝으로
운명의 여신에게 반역을 선포하지 않으리오.

헌데 신들이, 칼로 남편의 사지를
550 장난하듯 난도질하는 피로스를
그녀가 봤을 바로 그내 그녀를 봤더라면
곧바로 터져 나온 그녀의 절규는—
인간사에 전혀 관심이 없다면 몰라도—
하늘의 불타는 별들에게 눈물을 짜게 만들고,
555 신들의 격정을 불러 일으켰을 것이오.'

폴로니어스 보십시오, 그의 안색이 창백해지고
눈물까지 글썽이고 있습니다. 이제 그만하여라.

햄릿 잘했다.
곧 자네에게 나머지 부분을 읊어보도록 할 걸세.—
560 경이 배우들의 숙식을 돌봐 주시오. 알겠소?
이 사람들은 이 시대의 축소판이요, 짧은 연대기거든.
살아서 그들의 악담을 듣는 것보다
죽어서 고약한 묘비명을 얻는 게 나을 거요.

폴로니어스 왕자님, 그들의 분에 맞게 대우하겠습니다.

565 **햄릿** 나, 이런 참, 더 나은 대우를 하란 말이오.
분에 따라 대우를 한다면 매질을 면할 사람이 누가 있겠소?
경 자신의 명예와 위엄에 어울리게 대우하시오.
저들의 자격이 모자랄수록
경의 환대가 더욱 빛나지 않겠소? 안으로 데려가시오.

570 **폴로니어스** 여보게들, 이쪽으로 오게.　　폴로니어스 퇴장

햄릿 친구들, 그를 따라가게. 내일 연극을 보기로 하세.—

이보게, 옛 친구.《곤자고의 살인》말일세,　　배우1에게

자네들 그거 할 수 있겠나?

배우1 예, 왕자님.

575 **햄릿** 내일 밤 그걸 해주게. 필요하면 내가 열두 줄이나

열여섯 줄쯤 더 넣을지도 모르겠네.

어때, 외워서 할 수 있겠나? 할 수 있겠지?

배우1 예, 왕자님.

햄릿 아주 좋아. 저 사람을 따라가게. 저 사람

580 놀려먹지는 말고.—　　　　　　　　[배우들 퇴장]

옛 친구들, 오늘밤에 다시 만나세.

엘시노어에 온 것을 환영하네.

로젠크란츠 물러가겠습니다.

　　　　　　[로젠크란츠와 길든스턴] 퇴장, 햄릿 홀로 남는다

햄릿 그래, 잘들 가게.—이제 혼자구나.

585 아, 난 얼마나 못되고 천박한 놈인가!

아까 그 배우는 단지 허구 속에서,

열정의 꿈만으로도 완전한 상상 속에

자신의 혼을 불어넣어,

그렇게 상상만으로도 안색은 창백해지고,

590 눈물을 글썽거리고, 비탄에 빠진 표정을 짓고,

목소리가 잠기고, 모든 기능을 행동으로 표출하여

자신의 상상에 일치시키다니 놀랍지 않은가?

그것도 존재하지도 않는 것을 두고!

헤카베[18] 때문에!

595 헤카베는 그에게 무엇이고, 그가 헤카베에게 무엇이기에,

그가 그녀를 위해 울어야 한단 말인가?

그에게 만약 내가 가진 열정의 동기와 실마리가 있다면

과연 어떻게 했을까?

그는 무대를 눈물바다로 만들고,

600 무서운 대사로 관객들의 귀를 찢어 놓으며,

죄인은 미치게 하고, 죄 없는 자는 공포에 떨게 하며,

죄를 모르는 자도 당황케 하고,

보고 듣는 눈과 귀를 경악시키리라.

그런데 나는 둔하고 미련한 인간,

605 몽상가처럼 얼이 빠져 서성대며,

명분을 행동으로 옮기지 못하고 말 한마디 못한다, 못해.

왕권과 가장 소중한 생명마저 빼앗긴 선왕을 두고

입을 다물고 있으니. 나는 비겁한 놈인가?

누가 나를 악당이라 부르며 머리통을 후려갈기고,

610 내 수염을 뽑아 내 얼굴에 훅 불어대고,

내 코를 비틀고, 나를 형편없는 거짓말쟁이라고 욕하는가?

---

18) **Hecabe** 그리스 신화에 등장하는 트로이의 왕 프리아모스(Priamos)의 왕비. 트
로이 전쟁에 나갔던 남편과 아들이 살해되고 딸은 노예가 된 것을 슬퍼하다가 개
가 되어 죽었다고 전해진다.

누가 내게 그럴 수 있지?

하! 하지만, 빌어먹을, 이런 모욕을 감수할 수밖에.

내 간은 비둘기보다도 작고, 쓸개마저 없어서

615 굴욕을 느끼지도 못하는 놈이니까.

그렇지 않다면 진작 그 악당 놈의 내장으로

하늘의 맹금류들을 살찌웠겠지!

잔인하고 음흉한 악당!

냉혹하고, 음흉하고, 음탕하고, 해괴한 악당!

620 아, 복수다!

이 얼마나 멍청한 자식이냐! 참 장하기도 하지!

사랑하는 아버지가 살해당한 아들이,

천국과 지옥이 복수하라고 독촉하는데도

창녀처럼 말로만 속내를 드러내고,

625 매춘부나 비천한 하인처럼 저주나 퍼붓고 있다니!

역겨운 자식! 퉤! 머리를 써야지!

죄를 지은 놈들은 연극을 보다가도

너무나 교묘한 장면으로 인해 영혼에 충격을 받아

곧바로 자신들의 죄를 자백했다는 이야기를

630 들어 본 적이 있지 않던가.

왜냐하면 살인은 혀는 없어도

가장 기적적인 방법으로

스스로 그 죄를 실토하기 때문이지.

이 배우들이 숙부 앞에서

635 아버지 살해 장면과 비슷한 걸 연기하도록 시켜야겠다.

극 상연 중에 숙부의 표정을 살피다가

아픈 데를 찔러 봐야지. 그가 움찔하기만 해도,

앞으로 내 행동은 분명해질 거야.

내가 본 유령은 악마일지도 몰라.

640 그리고 악마는 그럴싸한 모습으로

둔갑하는 능력이 있다고 하잖아.

그래, 아마도 내 허약함과 우울증을 노리고 날 속여

저주하려는 건지도 모르지.

악마는 그런 우울증에 강하니까.

645 유령의 말보다 더 확실한 증거를 찾아야 해.

연극이 바로 그거야.

그걸로 왕의 양심을 살펴봐야겠다.   퇴장

제3막

3막 1장

장면 7

왕, 왕비, 폴로니어스, 오필리아, 로젠크란츠, 길든스턴,

그리고 신하들 등장

왕 그래, 아무리 넌지시 캐물어 보아도

왜 햄릿이 이런 착란증을 보이면서

소란하고 위험스런 광증으로 인해

고요한 나날을 그리 가혹하게 갉아먹는지

5   알 수 없단 말인가?

로젠크란츠 왕자님 스스로도 정신이 산만하다고 고백하셔도,

그 까닭은 절대로 말씀하시지 않습니다.

길든스턴 원인을 찾아내려는 열의도 없으시고요.

뭔가 털어놓도록 유도해서

10   왕자님의 진짜 상태를 캐물으려 하면

슬쩍 미친 사람처럼 행동하며

저희와 거리를 두십니다.

거트루드 자네들을 잘 맞아 주기는 하던가?

로젠크란츠 아주 신사답게요.

15   **길든스턴** 그러나 억지로 지어낸 눈치였습니다.

로젠크란츠 질문은 하지 않으셨지만, 묻는 말에는

아주 순순히 대답해 주셨습니다.

거트루드 무슨 즐길 거리라도 권해 보았나?

로젠크란츠 왕비마마, 저희들이 궁으로 오는 길에

20 우연히 어떤 배우들을 앞질렀습니다. 그 얘길

왕자님께 전해드렸더니 기뻐하는 기색이셨습니다.

배우들은 궁전에 와 있습니다.

아마 오늘밤에 공연을 하라는 분부를

이미 받은 것으로 알고 있습니다.

25 **폴로니어스** 그렇습니다.

전하와 왕비마마께서도 관람하시도록

간청 드리라는 말씀이 있으셨습니다.

왕 기꺼이 보고말고.

왕자가 연극에 끌린다니 반가운 일이오.

30 자네들도 왕자가 그런 재미에 몰두할 수 있도록

좀 더 바싹 밀어붙이게.

로젠크란츠 예, 전하.   *[로젠크란츠, 길든스턴] 퇴장*

왕 여보, 거트루드,   *신하들 퇴장*

당신도 자리를 비켜 주시오.

35 비밀리에 햄릿을 이곳으로 오게 했소.

여기서 마치 우연인 것처럼

햄릿이 오필리아를 만날 수 있게 말이오.

그 아이의 부친과 내가 염탐꾼이 되어서,

들키지 않도록 몸을 숨긴 채 아이들을 보려 하오.

40 그들의 만남을 제대로 판단한다면,

햄릿의 행동에 따라 그 아이가 앓고 있는 병의 원인이

사랑의 고통에서 오는 것인지 아닌지

알 수 있을 것이오.

거트루드 당신 뜻에 따르겠어요.

45 그런데 오필리아,

햄릿이 실성한 게

네 아름다움 때문이라면 정말 좋겠구나.

그러면 너의 착한 성품으로

그 아이가 다시 본래의 모습을 찾을 수 있을 테고,

50 두 사람을 위해서도 좋은 일이겠지.

오필리아 왕비마마, 저도 그러기를 바랍니다.

[거트루드 퇴장]

폴로니어스 오필리아, 여기서 서성거리고 있어라.

— 전하, 황공하오나 함께 몸을 감추시지요. —

이 책을 읽고 있거라.　　　　　　　　　　오필리아에게 책을 건넨다

55 그렇게 책에 빠져 있는 것 같은 모습을 보이면

혼자 있어도 수상해 보이지 않을 테지.

사람들은 이런 일에 비난을 하기도 하지만—

너무나 흔해 빠진 일이야 — 우리는 경건한 얼굴과

신성한 행동으로 악마조차 설탕을 발라

60 달콤하게 만들지.

왕 아, 지당한 말이다!　　　　　　　　　　　　방백

그 한마디가 내 양심을 따끔하게 채찍질하는구나!

분을 발라 예쁘게 단장한 창녀의 뺨이

번드레한 말로써 위장한 내 행실보다

65   추하지는 않으리라.

아, 짐이 무겁구나!

폴로니어스 햄릿이 오는 소리가 들립니다.

물러나시지요, 전하.   *[왕과 폴로니어스] 퇴장*

햄릿 등장

햄릿 사느냐 죽느냐, 그것이 문제로다.

70   이 가혹한 운명의 돌팔매와 화살을

참고 견디는 것이 고상한 일인가?

아니면, 밀려오는 고난의 바다에 대항해

무기를 들어 싸우다가 끝장을

내는 것이 더 고상한 일인가?

75   죽는다는 건, 잠든다는 것 — 그뿐이다. —

잠들어 버림으로 육신이 물려받은 가슴앓이와

수천 가지 타고난 갈등이 끝난다 말하면,

그건 우리가 간절히 바라야 할 결말이다.

죽는다는 건, 잠든다는 것.

80   잠든다면, 아마도 꿈을 꾸겠지. 아, 그게 문제로구나.

우리가 이 삶의 굴레를 벗어났을 때,

죽음이라는 잠 속에서 어떤 꿈을 꾸게 될 건지가

우리를 망설이게 하는구나. 그것이 바로
우리 인생을 그리 오랜 불행으로 이끄는 이유로다.
85 그렇지 않다면 어느 누가 이 세상의 채찍과 비웃음,
폭군의 횡포, 건방진 자의 무례함,
버림받은 사랑의 고통, 재판의 지연과
관리들의 거만함, 참을성 있는 대인배들이
소인배들에게 당하는 수모를 참을 수 있겠는가?
90 한 자루의 단검이면 자신의 모든 것을 끝장낼 수 있는데,
어느 누가 이 지루한 인생의 무거운 짐을 지고
땀을 뻘뻘 흘리고 투덜대며 살아가겠는가?
하지만 죽음 뒤에 올 그 무엇에 대한 두려움과
한번 가면 돌아올 수 없는 미지의 세계가
95 우리의 의지를 혼란스럽게 하고,
알지도 못하는 미지의 세계로 날아가느니
차라리 현세에서 당하는 저런 고통들을
참고 견디도록 하는 것이 아니겠는가?
그리하여 양심은 우리 모두를 겁쟁이로 만들고,
100 그에 따라 결심의 자연스러운 색조도
생각의 창백한 색조로 그늘져,
심오하고 중요한 계획들이 이런 식으로 길을 잃어버리고,
마침내 행동이라는 이름을 상실해 버리고 만다.
가만 있자, 아름다운 오필리아. ─
105 요정이여, 그대의 기도 속에

내 모든 죄도 잊지 말고 빌어 주오.

오필리아 왕자님,

그동안 안녕히 지내셨는지요?

햄릿 정말 고마운 말씀이오. 물론, 잘 지냈소.

110 **오필리아** 왕자님, 제게 보내주신 선물을

오래 전부터 돌려드리려 했습니다.

받아 주십시오.   *사랑의 정표를 내민다*

햄릿 아니, 받지 않겠소. 난 보내준 게 없으니.

오필리아 왕자님, 왕자님께서 보내신 걸 잘 알고 있습니다.

115 그때 선물과 함께 달콤한 말씀까지 하셔서 선물이

더욱 빛나기까지 했습니다.

이제 그 향기도 사라졌으니 이걸 다시 받으십시오

품위가 있는 사람에게는 비록 값진 선물이라도

보낸 사람의 마음이 담겨 있지 않은 선물은

120 볼품없는 것이 되니까요. 여기요, 왕자님.

사랑의 정표를 건네려 한다

햄릿 하하! 그대는 순결한 여자요?

오필리아 네?

햄릿 그대는 아름답소?

오필리아 왕자님, 무슨 말씀이십니까?

125 **햄릿** 그대가 순결하고 아름답다면, 그대의 순결은

그대의 아름다움과 너무 가까이 두지 않는 것이 좋을걸!

오필리아 왕자님, 아름다움한테

순결보다 더 나은 상대가 있겠습니까?

햄릿 있지 물론. 왜냐하면 정숙의 힘은

130 아름다운 여자를 제대로 이끌어가지 못하지만,

아름다움의 힘은 정숙한 여자를 금방 창녀로 바꾸어 버리거든.

전에는 이 말이 역설이었지만,

요즘은 세상이 그걸 증명하고 있소.

난 한때 그대를 사랑했었소.

135 **오필리아** 그래요, 왕자님. 제가 그렇게 믿게 하셨지요.

햄릿 내 말을 믿지 말았어야 했소.

악인에게 아무리 미덕을 접목시켜 보았자

본색이 드러나게 마련이니까.

난 당신을 사랑하지 않았던 것이오.

140 **오필리아** 그럼 저는 더욱더 속았던 것이군요.

햄릿 수녀원으로 가.

왜 그대는 죄 많은 인간을 낳으려 하지?

내 자신이 꽤 덕이 있는 사람이라 생각하지만,

난 어머니가 나를 낳지 말았으면 좋았을 거라고 생각할 정도로

145 자책감에 사로잡혀 있어.

나란 놈은 오만하고, 복수심에 불타고, 야심에 차 있어서

내가 저지를 수 있는 나쁜 짓은 생각을 하거나,

상상 속에서 형체를 부여하거나,

시간을 두고 실행할 수 있는 숫자보다 많아.

150 나 같은 인간이 천지天地 사이를 기어 다니며 할 일이 뭐겠어?

우린 모두 완전한 악당이야. 아무도 믿지 마.

수녀원에나 가라고. 당신 아버지는 어디 있지?

오필리아 집에 계십니다, 왕자님.

햄릿 문을 걸어 잠그고 가둬 둬, 제 집도 아닌 곳에서

155 바보짓을 하지 못하도록 말이야. 잘 가.

오필리아 아, 하늘이여, 왕자님을 도우소서!

햄릿 당신이 꼭 결혼을 하겠다면 이런 저주를 혼수로 주지.

당신이 아무리 얼음처럼 정숙하고, 눈처럼 순결해도

중상모략을 피하지 못할 거야. 수녀원으로 가, 어서. 잘 가.

160 그래도 결혼하려거든 바보와 하라고. 현명한 사람들은

아내가 남자를 어떤 괴물로 만드는지 잘 아니까.

수녀원으로 가, 어서. 잘 가.

오필리아 아 하늘이여, 왕자님이 제정신을 찾게 해주소서!

햄릿 너희들 화장에 대해서도 충분히 들었어.

165 신은 너희들에게 한 가지 얼굴을 주셨는데,

너희들은 다른 얼굴로 만든단 말이야.

춤추고, 간드러지게 걷고, 혀 짧은 소리를 내고,

신의 피조물에 별명을 붙이고,

순진함을 가장하여 음탕한 짓을 하지.

170 그 얘긴 그만 하겠어. 우린 이제 결혼 같은 건 없어.

이미 결혼한 사람들은 딱 한 쌍만 빼놓고선

도리 없이 살게 하지만

나머지 사람들은 지금처럼 살아가야 할 거야.

수녀원으로 가라고, 어서.　　　　　　　　　　　　　　햄릿 퇴장

175 **오필리아** 아, 그렇게도 고결하던 정신이
저리 무너져 버리다니!
그 귀족답고, 무인답고, 학자들의 눈과 혀와 칼이었으며,
아름다운 이 나라의 희망이요 꽃이며,
유행의 거울이자 예절의 귀감으로
180 모든 사람이 존경하던 분이
완전히, 완전히 무너져 버렸구나!
한때 그분의 음악 같은 맹세를 맛보기도 했지만,
이제 모든 여인들 가운데 가장 낙담하여 비참해진 나는
맑은 종소리처럼 고귀하고 당당했던 그분의 이성이
185 불협화음처럼 거슬리는 소리를 내는 것을 듣고,
활짝 핀 청춘의 비할 데 없는 용모와 자태가 광기로
시들어 가는 것을 보게 되었구나.
아, 가련한 내 신세여!
그분의 옛 모습을 보았던 이 눈으로,
190 지금의 이런 모습을 보게 되다니!

왕과 폴로니어스 등장　　　　　　　　　숨어 있던 장소에서

왕 사랑 때문이라고? 햄릿의 마음은 사랑에 향하지 않았소.
그의 말 또한 횡설수설하고 있기는 하지만
미친 소리 같진 않소.

마음속에 무엇인가 있어서

195   우울증이 그걸 품고 있는 거지.

그게 알을 깨고 나오면 상당히 위험할 것 같군.

그걸 막기 위해 과인은

즉시 다음과 같은 결정을 내렸소.

밀린 조공을 재촉하는 임무를 주어

200   그를 속히 영국으로 보낼 것이오.

어쩌면 바다와 이국의 색다른 풍물을 접하게 되면

그의 가슴 속에 들어앉은 응어리가 풀릴 수 있지 않겠소.

그 아이의 머리를 뒤흔들어 실성하게 만든 그것 말이오.

경의 생각은 어떻소?

205   **폴로니어스** 그게 좋겠습니다. 하지만 아직

저는 이 슬픔의 근원과 시초가 실연이라고 생각합니다.

— 괜찮은 게냐, 오필리아?

햄릿 왕자님의 말씀은 얘기하지 않아도 된다.

모두 들었으니까. 전하, 뜻대로 하십시오.

210   하지만, 괜찮으시다면 연극이 끝난 뒤에

어머니 되시는 왕비마마께서 조용히 왕자님을 불러

슬픔의 연유를 묻게 하시지요. 단도직입적으로 말입니다.

또한 허락하신다면, 제가 몰래 숨어서 두 분의 말씀을

엿들어 보겠습니다. 왕비마마께서 알아내지 못하시면

215   왕자님을 영국으로 보내시던가,

아니면 적당한 곳에 감금하던가 하시지요.

왕 그렇게 하겠소.

지체 높은 자의 실성은 결코 방관할 수 없는 일.

모두 퇴장

3막 2장
장면 8

햄릿과 배우 두세 명 등장

햄릿 대사를 할 땐, 부탁이니

내가 자네들에게 해보인 것처럼

혀 놀림을 가볍게 말해 주게.

소리만 지를 바엔, 당신네 배우들 중에 그런 사람이 많은데,

5   차라리 읍내 전령사에게 대사를 맡기는 게 나아.

또 손으로 허공을 너무 많이 휘젓지 말고 늘 부드럽게 하게.

감정이 급류나 폭풍처럼 일어나거나, 또는 뭐랄까,

정열이 회오리처럼 몰아칠 때에도

자연스럽게 표현할 수 있는 절제를 배워야 하네.

10 정말 불쾌한 건 가발을 쓴 난폭한 배우가 나와서

대개 엉터리 무언극이나 소음밖에 알아먹지 못하는

땅바닥 입석 관객의 귀청이 찢어져라 목청을 돋우며

격정을 넝마처럼 갈기갈기 찢어 놓는 일이야.

그런 자들은 채찍을 맞아야지.

15 터마간트[19]나 폭군 헤롯왕[20]을 넘어설 정도로

과장된 연기를 하는 친구는 채찍으로 후려갈기고 싶단 말이야.

제발 그러지는 말게.

배우1 명심하겠습니다, 왕자님.

햄릿 너무 단조로워서도 안 돼.

20 각자 자신의 분별력을 선생으로 삼도록 하게.

연기는 대사에, 대사는 연기에 맞추고, 특히 주의해야 할 것은,

자연의 절도를 벗어나지 않도록 연기하는 거야.

무엇이든 도가 지나치면 극의 목적에 벗어나는 것이니까.

연극의 목적이란 처음이나 지금이나, 과거나 현재나 여전히,

25 말하자면, 자연에다 거울을 비추는 것과 같으니,

선은 선, 악은 악, 있는 그대로 비추어

그 시대와 그 시절의 모습과 양상을 고스란히 보여 주는 일이지.

그런데, 이것이 넘치거나 모자라게 되면,

분별력이 없는 관객들은 웃을지 몰라도

30 현명한 관객들은 통탄하겠지.

한 사람이라 할지라도 그런 현명한 관객의 비난은

극장을 가득 메운 관객들 전체보다 더 중요하게 생각해야 하네.

아, 내가 어떤 배우들의 연극을 본 적이 있는데,

---

19) Termagant 이슬람교도가 숭배한다고 알려진 상상의 신. 옛 신비극에서 주로 포
악한 사람으로 묘사된다.

20) Herod 성경에 나오는 왕으로 신비극에서 사나운 폭군으로 등장한다.

다른 사람들은 칭찬을, 그것도 대단한 칭찬을 했지만—

35 모독하려는 아니지만—기독교도다운 말씨가 아니었고,

걸음걸이도 기독교도는커녕 이교도도 아니고, 인간답지도

않으면서 무대 위에서 어찌나 활개치고 고함을 지르는지,

조물주의 조수 몇 명이 인간을 만들다가 잘못 만들었다는

생각까지 들 정도였어. 인간 흉내를 냈다고는 하나

40 너무나 추악했다고.

배우1 저희는 그 점을 꽤 고쳤다고 생각합니다만, 왕자님.

햄릿 아니, 완전히 고쳐야 해.

그리고 광대 역할도 적힌 대사 말고는 지껄이지 않도록 해줘.

얼마 안 되는 우둔한 관객을 웃기려고

45 자기가 먼저 웃어 보이는 자들이 있기 때문이야.

그동안 연극에 중요한 것들을 생각해 둬야 하는데도 말야.

아주 고약한 짓이야.

그 따위 수작으로 치사한 야심을 드러내 보이는 광대라니.

자, 어서 가서 준비하게.

　　　　　　　　　　　　　　　　　　　　배우들 모두 퇴장

폴로니어스, 로젠크란츠, 길든스턴 등장

50 어찌 되었소, 폴로니어스 경? 전하께서 연극을 보신답니까?

폴로니어스 왕비마마도 오신답니다. 지금 곧.

햄릿 배우들보고 서두르라고 하시오.　　폴로니어스 퇴장

자네들도 가서 도와주겠나?

로젠크란츠와 길든스턴 그리 하겠습니다, 왕자님.

[로젠크란츠와 길든스턴] 퇴장

호레이쇼 등장

55   **햄릿** 여어, 호레이쇼!

호레이쇼 부르셨습니까, 왕자님?

햄릿 호레이쇼, 자네는 내가 사귄 사람들 가운데

가장 믿을만한 사람이네.

호레이쇼 오, 왕자님 —

60   **햄릿** 아니, 아첨이라 생각 말게.

먹고 입는 재산이라고는 훌륭한 성품 외에는

아무것도 없는 자네에게 내가 무슨 출세를 바라겠나?

가난뱅이에게 아첨할 필요가 어디 있겠어?

달콤한 혓바닥을 가진 놈은 바보 같은 세도가나

65   핥게 하고, 무릎이 잘 굽혀지는 놈은 이득이

있는 곳에 가서 굽실거리라지. 듣고 있는가?

내 영혼이 분별력을 갖고

사람을 선별할 줄 알게 된 뒤부터

자네를 내 영혼의 벗으로 삼았네.

70   자네는 모든 고통을 다 겪으면서도

아무런 고통도 받지 않은 사람처럼

운명의 시련과 보답을 똑같이 고맙게 맞이한 사람이니까.

혈기와 분별력이 너무나 잘 조화되어

운명의 여신의 손가락이 연주하는 대로

75   소리 내는 피리가 되지 않는 사람은

축복 받은 사람이지.

격정의 노예가 되지 않는 사람이 있다면 알려주게,

그렇다면 나는 그 사람을 그대처럼 내 심중에,

그래, 내 마음 한가운데 간직하겠네.

80   말이 너무 길어졌군.

오늘밤 왕 앞에서 연극이 펼쳐질 거야.

그중에 한 장면은 선친의 죽음에 대해서

내가 자네에게 얘기한 장면과 비슷하네.

부탁인데, 그 장면이 시작되면

85   자네의 온 정신을 집중해서

내 숙부를 살펴보게. 그의 숨은 죄가

어느 대목에서도 드러나지 않는다면,

우리가 본 건 저주받은 유령이었고,

내 망상은 마치 불카누스[21]의 대장간처럼

90   더러워진 것이지. 나도 그의 얼굴에서

눈을 떼지 않을 테니 자네도 그를 유심히 지켜봐 주게.

나중에 그의 기색이 어떠했는지

---

21) Vulcan 로마 신화에 나오는 불과 대장장이의 신.

우리 두 사람의 의견을 모아 판단을 내려 보도록 하세.

호레이쇼 알겠습니다, 왕자님.

95 연극 중에 제가 한순간이라도 왕의 움직임을 놓치게 된다면,

잘못에 대한 죗값은 제가 치르겠습니다.

왕, 왕비, 폴로니어스, 오필리아, 로젠크란츠, 길든스턴,

그 밖의 신하들과 호위병들 횃불을 들고 등장

덴마크 행진곡, 나팔 소리 울린다

햄릿 연극을 보러 나오는구나. 미친 척해야 해.

자네도 자리에 앉게.

왕 어떻게 지내느냐, 나의 조카 햄릿?

100 **햄릿** 썩 잘 지냅니다. 카멜레온 요리 때문입니다.

거짓 약속으로 꽉 찬 공기만 마시고 있죠.

거세한 수탉도 이렇게 기를 순 없습니다.

왕 도무지 무슨 말인지 모르겠구나, 햄릿.

그건 내 질문에 대한 대답이 아니다.

105 **햄릿** 예, 이젠 제 말도 아닙니다. —

경은 대학 시절에 연극을 했다면서요?　　　　폴로니어스에게

폴로니어스 그랬습니다, 왕자님. 명배우라는 소리도 들었습니다.

햄릿 무슨 역을 맡았소?

폴로니어스 율리우스 카이사르 역이었습니다.

110 카피톨 신전에서 살해당했지요. 브루투스가 저를 죽였습니다.

햄릿 이런 뛰어난 바보를 죽이다니,

브루투스도 어지간히 잔인한 놈이군.

배우들은 준비가 다 됐나?

로젠크란츠 예, 왕자님. 분부만 기다리고 있습니다.

115 **거트루드** 햄릿, 이리 와서 내 곁에 앉거라.

햄릿 아뇨, 어머니, 이쪽에 더 끌리는 자석이 있어서.

폴로니어스 호오! 저 말씀 들으셨습니까?　　　　　*왕에게*

햄릿 아가씨, 무릎에 사이에 누워도 되겠소?

오필리아 안 됩니다, 왕자님.

120 **햄릿** 그대 무릎에 머리만 얹자는 건데도?

오필리아 예, 그렇다면 왕자님.

햄릿 내가 무슨 상스러운 짓이라도 할 줄 알았소?

오필리아 그런 생각은 하지 않았습니다, 왕자님.

햄릿 처녀의 다리 사이에 눕는다, 참 멋진 생각인데.

125 **오필리아** 무슨 말씀이신지요, 왕자님?

햄릿 아니야.

오필리아 즐거워 보이십니다, 왕자님.

햄릿 누가, 내가?

오필리아 예, 왕자님.

130 **햄릿** 그야, 내가 당신을 웃기기 위해 태어난 익살꾼이니까.

즐거움 빼면 남는 게 뭐가 있겠소?

저기 좀 봐요, 우리 어머니가 얼마나 즐거운 표정인지,

아버지가 돌아가신 지 두 시간도 되지 않았는데.

오필리아 아네요, 두 달의 두 배나 지났습니다, 왕자님.

135 **햄릿** 그렇게 오래 됐나? 그럼 상복은 악마에게 입히고
난 가죽 옷을 입어야겠군. 맙소사! 두 달 전에
돌아가셨는데도 아직도 잊히지가 않다니. 그러면 위인의
명성이라면 죽은 뒤에도 반년은 지속될 희망이 있겠군.
그 뒤에는 맹세코 교회를 지어야 할 거요. 그렇지 않으면

140 목마22)처럼 잊히고 말거든. 그 목마의 묘비명은 이런 거지.
'아, 아, 목마는 잊혀졌다!'

나팔 소리, 무언극이 시작된다

왕과 왕비 매우 정답게 등장, 왕비가 왕을 껴안는다. 왕비는
무릎 꿇고 왕에게 맹세하는 모습을 보인다. 왕은 왕비를 일
으켜 세우고 머리를 왕비의 목에 갖다 댄다. 왕은 꽃 언덕 위
에 눕는다. 왕비는 잠든 왕을 보고 자리를 떠난다. 곧 한 사
내가 등장하여 왕의 머리에서 왕관을 벗겨 왕관에 입 맞추
고는 잠든 왕의 귀에 독약을 붓고 퇴장한다. 왕비가 돌아와
서 왕이 죽은 것을 보고 격렬한 몸짓을 보인다. 독살자는 두
세 명의 무언극 배우를 데리고 다시 등장하여 왕비와 함께
슬퍼하는 척한다. 죽은 왕의 시체가 들려 나간다. 독살자는
선물을 주며 왕비에게 청혼한다. 왕비는 한동안 싫어하고 거

---

22) hobby-horse 막대기 한쪽에 말머리를 그려 넣은 아이들이 갖고 놀던 장난감 말.
한창 갖고 놀지만 쉽게 부러지고 쉽게 잊힌다.

절하는 듯 보이나, 결국 그의 사랑을 받아들인다.

모두 퇴장

오필리아 이게 무슨 뜻일까요, 왕자님?

햄릿 글쎄, 이건 '미칭 말리코'라고 하는데
은밀한 악행이란 뜻이지.

145 **오필리아** 아마 이 무언극이 연극의 줄거리인 것 같군요.

햄릿 이 친구들이 알려 주겠지.
배우들이란 비밀을 숨기지 못하고
죄다 털어놓기 마련이거든.

오필리아 그럼 무언극의 의미도 알려 주겠군요?

150 **햄릿** 물론! 당신이 어떤 은밀한 몸짓을 보여줘도 말이오.
부끄러워 말고 어떤 행동을 하면,
그도 망설이지 않고 그 의미를 설명해 주겠지.

오필리아 정말 짓궂으시군요. 저는 연극이나 보겠어요.

프롤로그 등장

프롤로그 여기 저희들과 저희들의 비극을 위해,
155 여러분의 관용에 이렇게 몸을 굽혀
끈기 있게 경청하여 주시기를 간청합니다.　　　　[퇴장]

햄릿 이게 개막사야, 반지에 새긴 문구야?

오필리아 정말 짧군요, 왕자님.

햄릿 여자의 사랑처럼.

왕과 왕비[밥티스타] 역의 [배우 두 사람] 등장

160   **극중 왕** 포이보스[23]의 마차가 넵튠[24]의 바다와

텔루스[25]의 둥근 땅을 서른 번이나 돌았으며,

열두 달씩 서른 번의 빛을 빌린 달님도

열두 번씩 서른 번을 이 세상에 비췄다오,

사랑이 우리 마음을, 그리고 히메나이오스[26]가 우리 손을

165   가장 신성한 띠로 함께 묶어 준 이래로.

밥티스타 지난 세월만큼의 시간 동안

해와 달이 운행하는 것을

우리 사랑이 지기 전에 헤아리게 하소서!

그렇지만 저는 슬픕니다. 요즘 전하께서 크게 아프셔서

170   생기를 잃고 예전과 너무 다르시니 걱정입니다.

하지만 제가 걱정을 한다 하여

전하께서 그 때문에 심려치는 마십시오.

왜냐하면 여자들의 근심과 사랑은 비례하니,

모두 없거나, 아니면 둘 다 극에 치닫는 법이니까요.

175   제 사랑이 어느 정도인지,

전하께서는 겪어 아십니다. 제 사랑이 큰 만큼,

---

23) Fhoebus 태양의 신.

24) Neptune 바다의 신.

25) Tellus 대지의 여신.

26) Hymen 혼례의 신.

제 근심도 크답니다.

사랑이 크면 티끌만 한 의심에도 근심하고

작은 근심이 커지면 그곳에서 큰 사랑이 자랍니다.

180　**극중 왕**　내 사랑, 난 머지않아 당신 곁을 떠날 것 같소.

내 몸의 기능이 작동을 멈춰 가오.

당신은 이 아름다운 세상에 살아남아

존경과 사랑을 받으시오.

그리고 혹시 다정한 사람을 배필로 맞으면 —

185　**밥티스타**　아, 나머지 말씀은 그만 하십시오!

제 가슴속에, 그런 사랑은 오직 추악한 배반일 뿐입니다.

재혼을 하느니 차라리 저주를 받겠어요!

남편을 죽인 여자가 아니고서야 어찌 재혼을 할까요.

햄릿　아, 쓰디쓰구나.　　　　　　　　　　*방백?*

190　**밥티스타**　재혼을 하려는 사람들의 마음은

천한 물욕 때문이지 그것은 결코 사랑이 아니에요.

두 번째 남편과 잠자리에서 입을 맞춘다면

고인이 된 남편을 두 번 죽이는 셈이에요.

극중 왕　왕비의 말씀이 나는 진심이라고 믿겠지만,

195　사람들은 결심을 깨뜨리기 일쑤라오.

의지는 기억의 노예에 지나지 않을 뿐,

생길 때는 맹렬해도 유지하기는 약하다오.

지금은 설익은 열매처럼 나무에 붙어 있지만

익게 되면 흔들지 않아도 떨어지게 마련이오.

200 스스로 짊어진 빚을 잊어버리는 것은
어쩔 수 없는 필연의 이치이지 않소.
격정 속에 스스로 약속한 일은
격정이 식으면 그 결심도 풀어지는 법.
슬픔이나 기쁨의 격한 감정은 행동으로
205 옮기는 과정에서 그 자체가 소멸되오.
기쁨이 날뛰는 곳에는 슬픔도 크게 한탄하는 법.
사소한 일에도 희비는 서로 바뀌게 마련이오.
세상은 영원한 것이 아니니, 우리의 사랑조차
운명과 더불어 변하는 게 이상한 일은 아니오.
210 사랑이 운명을 이끄느냐, 아니면 운명이 사랑을 이끄느냐는
아직도 해결 못한 문제이기 때문이오.
세도가가 몰락하면 심복들도 흩어지고,
미천한 자가 성공하면 적조차 친구가 되오.
이 말은, 사랑이 운명을 따랐다는 말이오.
215 부유한 자는 친구가 부족하지 않는 반면,
가난한 자는 부실한 친구를 시험해 보다가
도리어 원수가 되기 때문이오.
자, 다시 처음으로 돌아가서 결론을 맺자면,
우리의 의지와 운명은 엇갈리기 때문에
220 우리의 계획은 항상 좌절될 수밖에.
생각은 우리 것이나, 그 결과는 우리 것이 아니오.
그러니 지금은 재혼할 생각이 없더라도,

첫 주인이 죽으면 당신 생각도 죽고 말 것이오.

밥티스타 대지가 양식을 주지 않고,

225 하늘이 빛을 내리지 않으며,

낮의 즐거움과 밤의 휴식을 빼앗기더라도,

나의 믿음과 희망은 절망으로 뒤바뀌고

옥에 갇힌 은둔자처럼 살아간다 하더라도,

기쁨의 얼굴을 창백하게 하는 가지가지 반대 세력이

230 내가 누리는 것에 맞서고 그것을 앗아가더라도,

영겁의 고뇌가 현세뿐 아니라 내세까지 나를 쫓는다 해도,

과부가 된들 내가 어찌 남의 아내가 되겠습니까!

햄릿 지금 저 맹세를 깨뜨린다면!

극중 왕 참으로 굳은 맹세구려. 여보, 잠시 혼자 있게 해 주오.

235 정신이 몽롱해지는군, 한숨 자면 지루한 하루가

개운해질 것 같소.

밥티스타 편히 주무세요.   *[극중 왕] 잠든다*

그리고 행여 불운이 우리 둘 사이를 갈라놓지 않기를.

                                         퇴장

햄릿 왕비마마, 이 연극이 마음에 드십니까?

240 **거트루드** 왕비의 맹세가 과한 것 같구나.

햄릿 아, 그래도 맹세를 지킬 것입니다.

왕 줄거리는 알고 있느냐? 불쾌한 장면은 없겠지?

햄릿 네, 없습니다. 단지 장난입니다.

장난으로 독살을 하는 것뿐이고

245 거슬리는 장면은 없습니다.

왕 연극의 제목이 무엇이냐?

햄릿 《쥐덫》입니다. 왜냐? 그야 비유죠.

이 연극은 비엔나에서 일어난 살인을 재현한 겁니다.

공작의 이름은 곤자고, 공작부인은 밥티스타입니다.

250 곧 아시게 되겠지만 아주 흉측한 내용입니다.

하지만, 무슨 상관입니까? 전하나 저희들처럼

양심이 깨끗한 사람들에게는 해당 없는 얘기입니다.

도둑이나 제 발 저리지, 우리야 아무렇지도 않습니다.

루시아너스 등장

이자는 루시아너스라고, 극중 왕의 조카입니다.

255 **오필리아** 마치 해설자 같으십니다, 왕자님.

햄릿 둘이서 희롱하는 수작만 봐도

당신과 애인 사이에 무슨 일이 있었는지 해설할 수 있지.

오필리아 너무하세요, 왕자님, 너무하세요.

햄릿 내 물건이 들어가면 신음 소리 꽤나 흘려야 할 텐데.

260 **오필리아** 재치는 더 나아졌지만, 내용은 더 민망하네요.

햄릿 남편은 원래 그런 식으로 맞이하는 거야. — 시작하라,

살인자. 빌어먹을, 그 저주받을 낯짝은 치우고 시작해, 어서.

까마귀가 깍깍대며 복수하라 울고 있다.

루시아너스 생각은 검고, 손은 날렵하고, 약효는 확실하고,

265 때는 바로 지금,
     시간도 나를 돕는구나, 다행히 아무도 보는 이 없다.
     한밤중에 약초를 캐어 마녀 헤카테[27)의 저주를 세 번 받아,
     세 번 오염시켜 만든 악취 나는 혼합물이여,
     본래의 마력과 무서운 약효를 발휘하여
270 저 건강한 목숨을 당장에 끊어라.

     왕의 귀에 독약을 붓는다

햄릿 저자가 왕위를 빼앗으려고 정원에서 왕을 독살합니다.
     왕의 이름은 곤자고.
     이 얘긴 실화로서 고상한 이탈리아어로 씌어졌죠.
     이제 살인자가
275 곤자고 왕비의 사랑을 어떻게 얻게 되는지 보실 겁니다.
                              왕이 비틀거리며 일어선다

오필리아 전하께서 일어나세요.
햄릿 뭐야? 공포탄에 놀라셨나?
거트루드 무슨 일이십니까, 전하?
폴로니어스 연극을 중단하라.
280 **왕** 등불을 가져오너라. 가자!
     모두 등불, 등불, 등불을 가져오라!

---

27) Hecate 마법을 다스리는 여신.

햄릿과 호레이쇼만 남고 모두 퇴장

햄릿 그래, 울어라, 다친 사슴아.

무사한 수사슴은 춤을 추고,

밤새워 지키는 놈, 잠을 자는 놈,

285 이렇게 세상은 굴러간다.

어떤가, 친구? 이번 일과, 깃털 한 뭉치,

그리고 수놓은 신발 위에 프랑스산 장미 두 송이면 —

앞으로 내 운명이 기구해지더라도 —

배우들 틈에 나도 한몫 낄 수 있겠지?

290 **호레이쇼** 한 사람의 반몫은 되겠습니다.

햄릿 난 통째로 한 몫이야.

그대가 알겠지.

아, 사랑하는 데이몬28),

이 나라는 조브29) 신을 빼앗기고

295 이제 다스리는 자는

바로, 바로 공작새지.

호레이쇼 각운을 넣으셔도 좋겠습니다.

햄릿 아, 호레이쇼.

이제는 그 유령의 말이라면 천금을 주고라도 사겠네.

300 자네도 보았지?

---

28) **Damon** 그리스 신화에서 깊은 우정으로 유명한《데이몬과 피시아스》라는 이야기에 등장하는 인물.
29) **Jove** 로마 신화의 최고의 신 주피터.

호레이쇼 예, 분명히 보았습니다, 왕자님.

햄릿 독살을 얘기하는 장면도?

호레이쇼 아주 유심히 봤습니다.

햄릿 아하! 자, 음악을 연주하라. 어서, 피리를 불어라.

305 전하께서 희극이 싫으시다면,

뭐 그렇다면, 정말 싫으신 거겠지.

자, 음악을 연주하라!

로젠크란츠와 길든스턴 등장

길든스턴 왕자님, 한 말씀 드리고자 합니다.

햄릿 얼마든지 드리게나.

310 **길든스턴** 실은 전하께서 ─.

햄릿 그래, 전하께서 어쨌단 말인가?

길든스턴 내전에 드신 후 몹시 언짢아하셨습니다.

햄릿 과음하셨나?

길든스턴 아닙니다, 왕자님. 화가 나셨습니다.

315 **햄릿** 그렇다면 의사한테 알리는 게 현명한 처사지.

섣불리 내가 고치려 했다가는 화를 더 크게 돋울 테니까.

길든스턴 왕자님, 좀 조리 있게 말씀해 주십시오.

그렇게 요점을 거칠게 피하지만 마시고요.

햄릿 얌전히 듣지. 어서 말하게.

320 **길든스턴** 어머니이신 왕비마마께서 크게 상심하셨습니다.

그래서 저를 보내셨습니다.

햄릿 잘 오셨습니다.

길든스턴 아뇨, 왕자님, 그런 인사는

이 자리에 어울리지 않습니다.

325 죄송하지만 이치에 맞는 대답을 해주시면

어머니의 분부를 말씀드리겠지만

그렇지 않으시면 이만 물러가겠습니다.

햄릿 그건 못하겠네.

로젠크란츠 무엇을요, 왕자님?

330 **햄릿** 이치에 맞는 대답 말일세. 내 정신이 병들었어.

하지만 할 수 있는 대답이라면 자네가 묻는 말에,

아니 자네 말대로 어머니의 물음에 대답해 주지.

그러니 긴 소리 말고 용건을 말해 보게. 어머니가, 그래서 ―.

로젠크란츠 그럼 왕비마마 말씀을 전하겠습니다.

335 왕비 마마께서는 왕자님의 행동이 너무나 뜻밖이어서

매우 놀라셨다고 합니다.

햄릿 오, 어머니를 그렇게 놀라게 하다니,

대단한 아들이로군!

어머니가 그렇게 놀란 뒤에 아무 말씀도 없으셨는가?

340 **로젠크란츠** 왕비마마께서 하실 말씀이 있으니

주무시기 전에 내실로 드시라는 분부이십니다.

햄릿 분부대로 해야지.

열 배쯤 어머니다운 어머니가 되신다면.

또 다른 용건이 있나?

345 **로젠크란츠** 왕자님께서는 한때 저를 아껴 주셨습니다.

햄릿 지금도 아끼지,

버릇 나쁜 소매치기 같은 이 두 손에 맹세하네.

로젠크란츠 왕자님, 요즘 우울해하는 이유가 무엇입니까?

친구에게 슬픔을 털어놓지 않는 것은

350 왕자님 스스로 자유의 문에 빗장을 거는 셈입니다.

햄릿 내가 출세를 못하고 있네.

로젠크란츠 그게 무슨 말씀이십니까. 국왕 전하께서 직접

왕자님을 덴마크 왕위 계승자로 선언하지 않으셨습니까?

햄릿 그래, 하지만 '풀이 자라는 동안'[30] ―

355 이 속담이 좀 케케묵었지.

배우, 피리 들고 등장

아, 피리다! 어디 볼까.   피리를 받는다

우리끼리 얘기네만,   로젠크란츠와 길든스턴에게

자네들은 어쩌자고 날 그렇게 몰아세우는가?

덫에라도 몰아넣으려는 듯이 말이야.

360 **길든스턴** 아, 왕자님, 제가 무례했다면,

그건 저의 충정 탓입니다.

---

30) 이 속담의 원문은 '풀이 자라는 동안 말은 굶어 죽는다.'이다.

햄릿 무슨 소린지 잘 모르겠군. 이 피리를 불어 보게.

길든스턴 불 줄 모릅니다, 왕자님.

햄릿 부탁하네.

365 **길든스턴** 정말 불 줄 모릅니다.

햄릿 제발 부탁이네.

길든스턴 전혀 다룰 줄 모릅니다, 왕자님.

햄릿 거짓말하는 것만큼이나 쉽지.

이렇게 구멍을 손가락으로 막고

370 입으로 바람을 불어넣으면

아주 굉장한 음악이 흘러나오지.

보게, 이것들이 구멍이야.

길든스턴 하지만 저는 조화롭게 다루어서

아름다운 소리를 낼 줄 모릅니다. 그런 재주가 없습니다.

375 **햄릿** 아니, 그렇다면 자네는 날 정말 하찮게 본 모양이군!

날 피리처럼 불어보려는 거지.

내게 누르는 구멍이 어디 있는지 아는 것 같은데,

그래서 내 비밀의 골자를 빼내고 싶단 말이지.

최저음에서 최고음까지 나를 죄다 불어보려는 속셈이었군.

380 이 작은 악기엔 엄청난 음악과 절묘한 소리들이 들어 있지.

그런데도 불 줄을 모른다?

아니, 내가 피리보다 다루기 쉬울 줄 알았나?

얄날 무슨 악기 취급해도 좋지만, 화나게는 할 수 있어도

연주하지는 못할 걸세.—어서 오시오! *등장하는 폴로니어스에게*

폴로니어스 등장

385 **폴로니어스** 왕자님, 왕비마마께서

하실 말씀이 있으시답니다. 지금 당장이요.

햄릿 저기 낙타처럼 생긴 구름이 보이시오?

폴로니어스 아, 예. 영락없이 낙타 모양이군요.

햄릿 내 생각엔 족제비 같은데.

390 **폴로니어스** 등 모양이 족제비 같습니다.

햄릿 아니, 고래 같은가?

폴로니어스 정말 고래 같군요.

햄릿 그럼 곧 어머니에게 가 뵙겠소. ─

이것들이 날 끝도 없이 갖고 노는구나. ─   방백

395 내 곧 가겠소.

폴로니어스 그렇게 말씀드리겠습니다.   퇴장

햄릿 '곧'이라, 말은 어렵지 않지.

다들 물러가게.   *[햄릿만 남고 모두 퇴장]*

지금은 마귀들이 활개 치는 한밤중이로구나.

400 교회의 무덤들은 입을 벌리고,

지옥은 온 세상을 향해 무서운 독기를 뿜어낸다.

지금은 나도 뜨거운 피를 마시고,

낮이 보면 떨 만한 무시무시한 일을 저지를 수 있을 것 같아.

가만있자, 우선 어머니께 가 봐야지.

405 아 마음아, 천륜의 정을 잊지 말자.

잔인한 네로의 영혼이

절대 내 굳은 가슴속에 들어오지 못하게 하자.

가혹하게 대할지라도, 천륜의 정은 저버리지 말자.

칼을 들고 있는 것처럼 말하되, 칼을 쓰지는 말자.

410　이 일에 있어서만은 내 혓바닥과 영혼이 서로를 속이자.

말로는 아무리 가혹하게 나무랄지라도,

내 영혼은 결코 그것을 행동으로 옮기지는 않을 것이다!

[퇴장]

3막 3장

장면9

왕, 로젠크란츠, 길든스턴 등장

왕　난 햄릿이 싫다.

그의 광기를 내버려두는 것도 불안한 일이다.

그러니 자네들은 채비를 하라.

즉시 위임장을 만들어서 자네들을 파견하겠노라.

5　그리고 왕자는 자네들과 함께 영국으로 갈 것이다.

내 지위와 책무가 있으니 그의 광증으로 인해

그토록 위험한 해악이 시시각각 자라나는 꼴을

그냥 두고 볼 수만은 없구나.

길든스턴 채비를 하겠습니다.

10 전하께 의지하여 먹고 살아가는

많고, 많은 사람들의 안전을 지키는 일은

가장 거룩하고 신성한 책무이옵니다.

로젠크란츠 사사로운 개인의 생명도

마음의 모든 힘을 무장해서 어떤 위험도

15 피해야 하거늘, 하물며 수많은 생명의

안위가 달려 있는 옥체는 더더욱 그래야 합니다.

국왕의 서거는 혼자만의 죽음이 아니라

소용돌이처럼 주위에 있는 것을 끌어들입니다.

전하의 지체는 높은 산봉우리에 고정된 거대한 바퀴 같아서

20 그 거대한 바퀴살에는 수많은 작은 것들이

단단히 연결되어 있습니다.

그 바퀴가 굴러 떨어지면

부속물 하나하나, 하찮은 종속물은 요란한

파멸을 맞게 됩니다. 왕이 한숨지으면

25 백성들은 신음하는 법입니다.

왕 어서 채비하여 속히 떠나도록 하라.

이 위험한 것에 족쇄를 채워야겠다.

여태껏 너무 내버려 두었구나.

로젠크란츠 서두르겠습니다.

신사들 [로젠크란츠와 길든스턴] 퇴장

폴로니어스 등장

30   **폴로니어스**   전하, 왕자님이 왕비마마의 내실에 드십니다.

저는 휘장 뒤에 숨어서 자초지종을 엿듣겠습니다.

분명 왕비마마께서 왕자님을 단단히 꾸짖으실 것입니다.

그리고 전하의 말씀대로, 현명하신 말씀이온데,

어머니 외의 누군가가 지켜보는 것이 합당합니다.

35   천륜으로 생각이 치우칠 수 있으니

따로 대화를 엿듣는 것이 좋겠습니다.

그럼, 이만 물러가겠습니다, 전하.

침전에 드시기 전에 찾아뵙고,

알아낸 바를 말씀 드리겠습니다.

40   **왕**   고맙소, 폴로니어스 경. —   *[폴로니어스 퇴장]*

아, 내 죄가 추악하여 악취가 하늘을 찌르는 구나.

인류 최초의 저주를 받은[31] 형제 살인의 죄.

간절한 마음은 가득하나 도저히 기도를 할 수가 없구나.

기도하고 싶은 간절함도 더 큰 죄책감에 무너진다.

45   두 가지 일에 매어 있는 사람처럼

어느 쪽을 먼저 할까 멈춰 서 있다가

두 가지 모두 못하고 마는구나.

이 저주 받은 손에 형의 피가 엉겨 두껍게 굳어버렸지만,

---

31) primal eldest curse 동생 아벨을 죽인 최초의 살인자, 카인에게 내린 신의 저주
    (성서).

자비로운 하늘이 억수같은 비를 퍼부어
50 눈처럼 희게 씻어 줄 순 없단 말인가?
죄의 얼굴을 마주하는 것뿐이라면
자비란 게 무슨 소용이란 말인가?
그리고 기도라는 것도, 죄에 빠지지 않도록 막아 주고,
죄에 빠졌다 해도 용서해주는 이 두 가지 힘이 없다면
55 무슨 소용이란 말인가? 자, 얼굴을 들자.
내 죄는 이미 지나간 일.
하지만 아, 내 처지에는 어떤 기도를 해야 하는 것일까?
'추악한 살인죄를 용서해 주소서?'
그럴 수는 없다. 나는 살인으로 얻은 것들을 —
60 내 왕관, 내 야망, 그리고 내 왕비 —
아직도 그대로 가지고 있으니까.
죄를 용서받고 죄의 혜택을 누릴 수 있을까?
이 세상의 부패한 흐름 속에서는
죄의 손도 금칠을 한 후 정의를 밀어낼 수 있겠지.
65 사악하게 얻은 힘을 가지고 법을 매수하는 일은
흔하게 벌어지니까. 그러나 천상에서는 그렇지 않다.
그곳에선 속임수가 통하지 않으며,
행위의 진정한 본성이 드러나, 우리는 우리 잘못의
이빨에서 이마까지 증거를 내놓아야 한다.
70 그럼 어떻게 하지? 할 수 있는 게 뭐가 남았지?
참회로 할 수 있는 걸 해봐. 그걸로 뭘 못하겠어?

하지만 참회를 할 수 없는데, 참회가 무슨 소용인가?

아, 비참한 처지로구나! 아, 죽음처럼 어두운 이 가슴!

아, 끈끈히 붙잡힌 영혼, 벗어나려 발버둥 칠수록

75 더욱 꼼짝할 수가 없구나! 천사님들, 도와주소서!

구부려져라 뻣뻣한 무릎아. 강철 같은 마음아,   무릎을 꿇는다

갓난아기의 근육처럼 부드러워져라!

모든 일이 잘 풀리도록 도와주소서.

햄릿 등장

햄릿 지금이 절호의 기회다.

80 놈은 마침 기도를 하고 있어.   칼을 뽑는다

그래 지금 해치우자. 그러면 놈은 천당에 가고

난 원수를 갚을 수 있어. 하지만 잘 생각해봐야 한다.

저 악당 놈은 내 아버질 죽였는데, 그 보답으로

아들인 내가 죄 많은 놈을 천당으로 보낸다고?

85 아, 이건 복수가 아니라 도리어 사례를 하는 꼴이다.

저놈에게 살해당했을 때 아버지는 현세의 온갖 욕망과,

그 죄가 마치 오월의 꽃처럼 한창 만발한 때였지.

그러니 아버지의 심판이 어찌 될지 하늘 말고 누가 알겠어?

우리 인간 세상의 기준으로는 중벌을 면치 못하실 거야.

90 그런데 놈이 자기 영혼을 깨끗이 정화하고 있는 지금,

천국으로 길 떠나기 꼭 알맞은 때에

놈의 목숨을 앗아 원수를 갚는다고?

아니다.   칼을 칼집에 넣는다

기다려라 검아, 더 끔찍한 기회가 올 때까지 기다려라.

95 놈이 취해 잠들거나 분노로 날뛸 때,

혹은 침대에서 근친상간의 쾌락을 즐길 때,

도박할 때, 욕할 때, 혹은

도저히 구원받지 못할 어떤 짓을 할 때,

그를 쓰러뜨려 그의 발꿈치가 천당을 차게 하라.

100 그리하여 그의 영혼이 자기가 가야 하는 지옥만큼

저주받고 검게 하라. 어머니가 기다리신다.

이 약은 너의 괴로운 나날을 연장해 줄 뿐이다.   퇴장

왕 나의 기도는 하늘을 날지만

마음은 지상에 머물러 있구나.

105 마음이 따르지 않는 기도는

결코 하늘에 이르지 못할 것임을.   퇴장

3막 4장
장면10

왕비와 폴로니어스 등장

폴로니어스 왕자님께서 바로 오십니다.

단단히 타이르십시오.

장난이 지나쳐서 참기 힘들었다고 말씀하십시오. 그리고

중간에서 전하의 역정을 간신히 막았노라고 말씀하십시오.

5   저는 여기 숨어 듣겠습니다. 제발 모질게 말씀하십시오.

햄릿 어머니, 어머니, 어머니!   안쪽에서

거트루드 내 장담할 테니 걱정 마시오.

물러나시오, 왕자가 오고 있소.

햄릿 등장   폴로니어스, 휘장 뒤에 숨는다

햄릿 어머니, 무슨 일이십니까?

10   **거트루드** 햄릿, 너 때문에 아버지께서 진노하셨다.

햄릿 어머니, 어머니는 제 아버지를 진노케 하셨죠.

거트루드 이런, 어리석은 대답이구나.

햄릿 아니, 사악한 질문이십니다.

거트루드 대체 어찌 된 일이냐, 햄릿?

15   **햄릿** 뭐가 문제입니까?

거트루드 넌 어미도 잊었느냐?

햄릿 아뇨, 맹세코, 그렇지 않습니다.

왕비마마이시고 시동생의 아내이시죠.

그러나 — 아니었으면 다행이련만 —

20   당신은 저의 어머니이십니다.

거트루드 안 되겠다,

그렇다면 너와 얘기할 수 있는 사람들을 불러야겠구나.

햄릿 자, 자, 앉으십시오. 움직이지 마세요.

거울을 가져다 놓겠습니다.

25 어머니 마음속을 비춰 보일 때까지는 가지 못하십니다.

거트루드 어쩔 셈이냐? 날 죽일 생각이냐?

여봐라, 여봐라, 누구 없느냐!

폴로니어스 맙소사! 여봐라, 여봐라, 여봐라!   휘장 뒤에서

햄릿 이건 뭐야? 쥐새끼인가? 넌 죽었다.

30 내가 1더컷을 걸겠다, 죽어라!   칼을 빼들고 휘장 속을 휘둔다

폴로니어스 아이고, 나 죽는다!   [햄릿] 폴로니어스를 죽인다

거트루드 세상에, 이게 무슨 짓이냐?

햄릿 글쎄요, 모르겠어요. 왕인가요?

거트루드 아, 너무나 경솔하고 잔인한 짓을 저질렀구나!

35 **햄릿** 잔인한 짓이죠, 어머니. 왕을 죽이고

그 동생과 결혼한 것만큼이나 나쁜 짓이죠.

거트루드 왕을 죽이다니?

햄릿 예, 왕비마마, 그렇게 말했습니다. ―

폴로니어스의 시체를 가리킨다

경솔하고 끼어들기 좋아하는 불쌍한 바보 같으니라고.

40 잘 가라.

좀 더 훌륭한 인간인 줄 알았는데. 이것도 네 운명일 터.

너무 설치면 위험하다는 걸 이젠 알았을 것이다. ―

그렇게 손만 쥐어뜯지 마시고, 진정하고 앉으세요.

제가 가슴을 쥐어짜 드릴 테니까요. 그렇게 할 겁니다.

45 그게 바늘 하나 들어갈 틈이라도 있다면,

그리고 저주받은 습관 때문에 가슴이 놋쇠처럼 굳어서

감정이 뚫을 수 없는 갑옷이나

요새가 되어버리지 않았다면 말입니다.

거트루드 이 어미가 뭘 어쨌다고

50 네가 감히 혓바닥을 이토록 무례하게 놀리느냐?

햄릿 어머니는 이런 짓을 하셨지요.

정숙함의 품위와 수줍음을 더럽혔고,

미덕을 위선이라 부르며, 순수한 사랑의

아름다운 이마에서 장미꽃을 빼앗은 뒤

55 거기에 창녀 낙인을 찍고, 혼인 서약을

노름꾼의 거짓 맹세로 만들었습니다.

아, 혼인 계약에 담긴 영혼을 내팽개치고

신성한 종교의식을 한낱 허튼소리로 만드는

그런 짓을 저질렀단 말입니다. 하늘이 얼굴을 붉힙니다.

60 그래요, 이 단단한 지구도 그 행동을 보고

최후의 심판을 맞이한 듯 슬퍼하는 모습으로

수심에 잠겼습니다.

거트루드 아니, 내가 뭘 어쨌다고

서두부터 그리 큰 소리로 야단법석이냐?

65 **햄릿** 자, 이 그림을 보십시오.

그리고 또 이 그림도.   초상화 두 점을 보여준다.

두 형제를 그린 초상화입니다.

이 이마에 서린 기품을 보세요.

히페리온32)의 물결치는 머리칼, 주피터의 이마,

70 마르스처럼 주위를 압도하고 호령하는 눈빛,

하늘로 치솟은 산꼭대기에 삿 내려온

전령 머큐리33)와 같은 자세,

모든 신들이 제각기 도장을 찍어

인간의 본보기라 세상에 보증한 듯한

75 진정한 인물, 미덕의 융합체.

이분이 전 남편이셨습니다. 이제 그 다음을 보세요.

이 자가 현재 남편입니다. 건강하던 자기 형님을 말려 죽인

곰팡이 난 옥수수 같은 자입니다. 눈이 있으면 보시죠?

어찌하여 이렇게 아름다운 산에 기거하기를 포기하고

80 이 황무지에서 먹이를 탐하십니까?

허! 눈이 있으면 보시지요?

그걸 사랑이라 하지는 못할 것입니다.

어머니 연세가 되면 한창때의 욕정도 시들고 순해져서

분별력을 따르게 마련이니까요.

85 헌데, 도대체 분별력이 어찌 되었기에

여기서 여기로 옮겨가시는지요?

감각은 분명 있습니다. 없으면 움직이지 못하니까.

---

32) **Hyperion** 그리스 신화의 태양신, 티탄족의 하나.

33) **Mercury** 그리스 신화에 등장하는 신들의 사자(使者).

허나 그 감각은 분명 마비된 감각입니다.

왜냐하면 광증조차 그런 실수는 범하지 않을 것이며

90   감각이 설사 환각의 노예가 되었더라도

약간의 선택권은 남겨 놓아서

그런 차이는 구분하게 하는 법이니까요.

대체 어떤 악마에게

홀렸기에 눈뜬 봉사가 되셨단 말입니까?

95   촉각 없는 눈, 눈 없는 촉각,

손도 눈도 없는 귀, 무감각의 후각,

또는 진정한 한 가지 감각의 병든 일부라도

그렇게 흐리멍덩할 수는 없지요.

아, 수치심아! 너의 부끄러움은 어디로 갔느냐?

100   반란의 지옥이여,

네가 중년 여인의 뼛속에서 반란을 일으킬 수 있다면,

불타는 청춘에겐 정절이 양초가 되게 하여

자기 불에 녹게 하라. 충동적인 욕정이

불같이 일더라도 부끄러워하지 마라.

105   머리에 서리 내린 나이에도 정욕은 활활 타고

이성은 욕망의 뚜쟁이 노릇을 하고 있으니.

거트루드   오, 햄릿, 그만해라.

너의 말은 내 영혼의 깊은 곳을 들여다보게 하는구나.

그곳에 시커멓게 새겨진 오점,

110   이것은 결코 지워지지 않을 것처럼 여겨지는 구나.

햄릿 그럴 테죠. 지워지기는커녕

타락에 푹 빠져서 더러운 돼지우리에서

콧소리를 내고 몸을 섞으며

기름에 찌든 침대의 역겨운 땀내 속에서 사세요. —

115 **거트루드** 오, 더 이상 얘기하지 마라.

네 말이 비수처럼 내 귀를 찌르는구나.

그만해다오, 햄릿!

햄릿 살인자에 악당 놈,

전 남편의 십분의 일의 이십분의 일만도 못한 놈,

120 사악한 왕의 전형이며,

선반에 올려놓은 소중한 왕관을 훔쳐

제 주머니에 처넣은 국가와 통치권의 소매치기!

거트루드 제발 그만!

유령 등장

햄릿 누더기 넝마조각을 걸친 왕—

125 아, 하늘의 수호신들이여, 저를 구해주소서.   유령을 본다

당신들의 날개로 저를 보호하소서! —

무슨 일로 나오셨습니까?

거트루드 아아, 왕자가 미쳐 버렸구나!

햄릿 아들이 꾸물댄다고 꾸짖으러 오셨나요?

130 때를 놓치고 감정도 식어 당신의 무서운 명령을

재깍재깍 실행하지 못한 저를요. 아, 말씀하소서!

유령 잊지 마라! 이렇게 찾아온 것은

무디어진 네 결심을 날카롭게 갈아주기 위해서다.

하지만 보아라, 네 어머니가 놀라 겁먹은 모습을.

135 　아, 저 고뇌하는 영혼의 고통을 덜어 주어라.

상상은 몸이 허약할수록 강하게 작용하는 법.

어머니께 말을 걸어드려라, 햄릿.

햄릿 괜찮으세요, 왕비마마?

거트루드 아, 너야말로 괜찮으냐.

140 　아무것도 없는 허공을 노려보며

실체도 없는 공기와 얘길 하다니?

네 눈빛에선 어지러운 생각이 엿보인다.

잠자다 비상경보에 놀란 병사처럼

곱게 빗은 네 머리칼은 마치 생명을 부여받은 듯

145 　곤두섰구나. 오, 착한 아들아,

활활 타오르는 네 분노를 냉정한 인내심으로 식히려무나.

대체 어디를 그렇게 노려보는 거냐?

햄릿 저분, 저분을!

보세요, 창백한 얼굴로 이쪽을 바라보고 있습니다!

150 　그의 모습을 보고 그의 사연을 듣는다면 목석조차

반응을 보일 겁니다. ― 절 노려보지 마세요.　　　유령에게

그렇게 애처로운 모습을 보이면

제 굳은 결의도 꺾이고 맙니다.

그러면 제가 해야 할 일은 참 빛을 잃어

155 어쩌면 피 대신 눈물을 흘릴지도 모릅니다.

거트루드 누구한테 말을 하는 거냐?

햄릿 저기에 아무것도 안 보이십니까?

거트루드 아무것도 안 보인다. 다른 것은 모두 보이지만.

햄릿 아무 소리도 안 들리십니까?

160 **거트루드** 그래, 우리 말 소리 외에는.

햄릿 저런, 저기를 보세요. 저기, 빠져나가잖아요.

아버지께서 살아계셨을 때와 꼭 같은 차림입니다!

보세요, 지금 막 문밖을 나가고 계세요.   *[유령] 퇴장*

거트루드 이건 네 머릿속에서 만들어낸 망상일 뿐이다.

165 실성했을 때는 이런 실체 없는 환상이 곧잘 보이지.

햄릿 실성이라고요?

저의 맥박은 어머니 맥박과 조금도 다름없이

건강하게 뛰고 있습니다. 제가 드린 말씀은

미친 헛소리가 아닙니다. 시험해 보세요.

170 그 내용을 정확히 되풀이해 보이죠.

빗나갈 테니까요. 어머니, 제발 소원입니다.

미쳤다면 자기 위안의 고약을 영혼에 발라

자신의 죄를 제가 미친 탓으로 돌리지 마세요.

고약은 딱지를 만들어 종기를 덮어 주겠지만

175 곪은 상처는 속으로 계속 파고들어 모르는 사이에

온몸에 퍼지죠. 하나님께 죄를 고백하세요.

과거를 뉘우치고 앞일을 피하세요.

죄악의 잡초에 거름을 주어 죄가 더 커지게

하지 마십시오. 이런 직언을 말씀드리는 무례를

180 용서해 주세요. 요즘같이 숨 막히는 세상에서는

미덕이 악덕에게 용서를 구해야 하고

그러니까 이로운 말을 하면서도

머리를 숙이고 간청해야 합니다.

거트루드 아, 햄릿. 네가 내 심장을 두 쪽으로 갈라놓는구나.

185 **햄릿** 그러면 나쁜 쪽의 심장을 버리고

나머지 반쪽만 가지고 더 순수하게 사세요.

안녕히 주무세요. 하지만 숙부의 침실에는 가지 마세요.

정절이 없거든 있는 척이라도 하세요.

온갖 감각을 모조리 잡아먹는

190 습관이라는 괴물도 이 점에선 천사랍니다.

정당하고 착한 행동이 버릇이 되면

그도 마찬가지로 외투나

제복 또한 기꺼이 내준답니다.

오늘밤에는 참으세요.

195 그러면 내일 밤에는 참기가 한결 쉬워질 거고,

그 다음은 더 쉬워질 것입니다.

습관은 거의 본성 자체를 바꾸어 놓을 수 있으며

악마를 모욕하거나 놀라운 힘으로 그놈을

내던지니까요.

200 다시 인사드립니다. 안녕히 주무세요.

그리고 어머니께서 축복받기를 원하시면,

저도 축복을 청하겠습니다.

이 분의 일은 저도 유감입니다만,   *플로니어스를 가리키며*

다 하늘의 뜻. 하나님은 이것으로 제게 벌을 내리시고,

205 제 손을 빌려 그를 처벌하셨습니다.

저는 하나님의 벌을 집행하는 역할을 한 것입니다.

제가 시체를 처리하고 그를 죽인 책임도 지겠습니다.

그럼, 다시 인사드립니다. 안녕히 주무세요.

이렇게 잔인한 말씀을 드리는 것도 효심 탓입니다.

210 이건 불행의 시작일 뿐, 더 끔찍한 일이 남아 있습니다.

거트루드 나는 어찌해야 하느냐?

햄릿 제가 하시라고 말씀드린 것은 절대 하지 마세요.

돼지 같은 왕이 당신을 다시 침대로 유혹하고,

볼을 음탕하게 꼬집고 '내 생쥐'라 부르게 하세요.

215 그리고 더러운 키스를 두세 번 하든지,

아니면 그 저주받은 손가락으로 목을 애무하게 하면서

이 모든 일을 고해바치세요.

실은 제가 미친 것이 아니라 미친 척한다고 말예요.

왕에게 사실대로 말하는 게 좋을 겁니다.

220 아름답고 정숙하고 현명한 왕비가 아니라면,

과연 어느 누가 이런 중대사를

두꺼비, 박쥐, 수고양이한테 숨길 수 있겠어요?

누가 그럴 수 있을까요?

어림없어요. 분별력이고 비밀이고 다 소용없지요.

225 지붕 위에서 새장을 열고 새들을 모두 날려 보내세요.

그리고 그 유명한 원숭이처럼 어떻게 되나 보려고

새장 속에 기어든 후 자기 목뼈나

부러뜨리세요.34)

거트루드 염려 말거라.

230 말이 숨결에서 나오고 숨결이 목숨에서 나온다면,

나는 네가 한 말을 입 밖에 낼 숨결도 목숨도 없구나.

햄릿 저는 영국에 가야 합니다. 알고 계시지요?

거트루드 아, 깜빡 잊었다.

그렇게 결정되었지.

235 **햄릿** 봉인된 편지가 있어요. 그리고 두 동창 녀석이,

저는 독니 달린 독사 믿듯 그들을 믿겠지만,

위임장을 가지고 제 앞길을 쓸며

저를 악행으로 인도할 것입니다. 그렇게 하라지요.

폭약수가 제 폭탄에 날아가게 만드는 건

240 재미난 일이니까요. 쉽지는 않을 겁니다.

하지만 전 놈들의 땅굴 아래로 파 들어가,

놈들을 달로 날려 보낼 것입니다.

---

34) 기록에 남아 있지 않은 이야기로, 원숭이는 새장에서 풀려난 새들을 흉내 내려고
새장 속에 기어 들어가 날아보려고 뛰어내렸다가 목만 부러졌다는 내용으로 보
인다.

아, 두 가지 계략이 정면으로 충돌하면 정말 근사하겠죠.

이 자가 나를 즉시 떠나게 만드는군요.

245 이 살덩이를 옆방으로 끌어다 놓아야겠어요.

어머니, 정말로 안녕히 주무세요. 이 고문관께서도 이제는

아주 조용하고 은밀하고 엄숙해졌군요.

살아서는 어리석은 수다쟁이 악당이더니. —

자, 갑시다. 당신과의 관계도 마무리 지어야지.

250 안녕히 주무세요, 어머니.

햄릿 폴로니어스의 시체를 끌고 퇴장

왕 등장

왕 한숨과 깊은 탄식을 보니 무슨 일이 있구려. 이유를 말하

시오. 과인도 알아야 하겠소.

당신 아들은 어디 있소?

거트루드 아, 전하, 오늘밤 끔찍한 일을 당했습니다!

255 **왕** 무슨 일이오, 거트루드? 햄릿은 어떻소?

거트루드 바다와 바람이 누가 더 힘이 센지 겨룰 때처럼

실성을 해서 격렬한 발작을 일으키더니,

휘장 뒤에서 인기척을 듣자 휙 칼을 빼들고는

"쥐새끼, 쥐새끼다!" 하고 외치면서 착란을 일으켜

260 숨어 있던 선량한 노인을 찔러 죽였습니다.

왕 아니, 그럴 수가 있나!

과인도 그 자리에 있었더라면 변을 당할 뻔했군.

햄릿을 그대로 놔두었다간 모두에게 위험천만이오.

당신은 물론, 과인이나 모두에게 말이오.

265 아아, 이 참사를 어찌 설명해야 한단 말인가?

과인의 탓으로 돌아올 것이오.

이 젊은 미치광이를 미리 경계하여 감금하고

사람들 앞에 서지 못하게 했어야 하는데.

하지만 햄릿을 너무 사랑하다 보니

270 적절한 조치가 무엇인지 알아보려 하지 않고,

오히려 몹쓸 병에 걸린 자처럼 소문이 날까 봐 쉬쉬하다

자기 목숨만 단축하는 꼴이 되었구려.

햄릿은 어디 갔소?

거트루드 자기가 죽인 시신을 치우러 끌고 나갔습니다.

275 그 주검을 두고, 하찮은 광석 속에 묻힌 보석처럼,

그의 광기 속에서도 순수함이 남아 있는지,

자기가 저지른 일에 눈물을 흘리더이다.

왕 자, 거트루드, 갑시다!

저 산에 먼동이 트는 대로 즉시

280 그를 배에 태워 보내야겠소. 이 불상사는

과인의 권력과 계책으로 적당히 둘러대고

해명하는 수밖에 없겠소. ─ 여봐라, 길든스턴!

로젠크란츠와 길든스턴 등장

자네 둘은 가서 좀 더 도움을 청해라.

실성한 햄릿이 폴로니어스를 죽이고

285 　어머니의 내실에서 그 시신을 끌고 나갔다.

햄릿을 찾아내고 좋은 말로 구슬려서

시신은 예배당에 안치하여라. 부디 서둘러 주기 바란다.

로젠크란츠와 길든스턴 퇴장

거트루드, 갑시다. 유능한 중신들을 불러 모아

내 뜻과 함께, 갑작스런 이 불상사를 전하도록 합시다.

290 　자, 갑시다!

내 마음은 그지없이 혼란스럽고 암담할 뿐이오.

모두 퇴장

제4막

4막 1장

장면 11

햄릿 등장

햄릿 안전하게 처리했어.

로젠크란츠와 길든스턴 왕자님, 햄릿 왕자님!　　　　안쪽에서

햄릿 무슨 소리지? 누가 햄릿을 부르지?

아, 여기 오는군.

로젠크란츠와 길든스턴 등장　　　　　수행원들과 함께?

5　**로젠크란츠** 왕자님, 시신은 어떻게 하셨습니까?

햄릿 흙에 묻었다네. 서로 친척이니까 말일세.

로젠크란츠 어디 있는지 가르쳐 주십시오.

시신을 예배당으로 옮길까 합니다.

햄릿 믿지 말게나.

10　**로젠크란츠** 무엇을 말씀입니까?

햄릿 내가 자네들 비밀은 지키고

내 비밀은 지키지 못할 거라고 말이야.

게다가 해면에게 질문을 받고

왕의 아들인 내가 어찌 대답을 하겠는가?

15　**로젠크란츠** 저를 해면으로 생각하시는 겁니까, 왕자님?

햄릿 왕의 총애와 보답과 권세를 빨아들이고 있지 않나.

하긴 그런 신하가 결국 왕에게는 최고로 충성하는 거겠지.

왕은 마치 원숭이가 입 한구석에 사과를 물고 있는 것처럼

처음엔 신하들을 입에 넣고 있다가 마지막엔 삼켜버리지.

20   왕은 필요할 때 자네들이 빨아들인 정보를

꾹 짜내기만 하면 돼.

그럼 자네들 해면은 다시 말라 버리는 거지.

로젠크란츠 왕자님, 무슨 말씀인지 모르겠습니다.

햄릿 차라리 잘됐군. 악담도 어리석은 귀 속에서는

25   잠만 자는 법이거든.

로젠크란츠 왕자님, 시신이 어디 있는지 말씀해주시고

저희와 함께 어전으로 드셔야 합니다.

햄릿 시신은 왕과 같이 있어.

하지만 왕은 시신과 같이 있지 않아.

30   왕이란 그런 것이라—

길든스턴 그런 것이라뇨, 왕자님?

햄릿 아무것도 아냐. 나를 왕에게 데려가게.

여우야 숨어라, 내가 찾으러 간다.   퇴장

4막 2장
장면11 계속

왕 등장

왕 왕자를 찾아서 시신을 찾아오도록 사람을 보냈소.

이 인간이 마음대로 돌아다니게 놔두는 게

얼마나 위험한지!

그렇다고 엄벌에 처할 수도 없소.

5   그는 얼빠진 대중의 사랑을 받고 있으니 말이오.

대중이란 이성보다는 눈에 보이는 걸 중요시하니까.

그렇다보니, 저지른 죄는 생각지 않고

죄인이 받는 형벌만 신경 쓴단 말이지.

만사를 원만히 처리하려면,

10   그 아이를 급히 멀리 보내는 것도

신중히 고려한 결과인 것처럼 보이게 해야 하오.

어려운 병은 극단적인 치료법으로 고치는 수밖에

달리 방법이 없지 않겠소.

로젠크란츠 등장

그래, 어찌 되었느냐?

15   **로젠크란츠** 전하, 시신을 어디에 감추어 두었는지

알아낼 수가 없습니다.

왕 왕자는 어디 있느냐?

로젠크란츠 밖에서 감시를 받으며

전하의 분부를 기다리십니다.

20   **왕** 과인 앞에 데려오너라.

로젠크란츠 여보게, 길든스턴! 왕자님을 모셔오게.   부른다

햄릿과 길든스턴 등장   수행원들과 함께?

왕 자, 햄릿, 폴로니어스는 어디 있느냐?

햄릿 식사중입니다.

왕 식사중이라니? 어디서?

25   **햄릿** 먹고 있는 게 아니라 먹히고 있는 중입니다.

구더기들이 회합을 열어 그를 먹어치우고 있죠.

구더기란 먹는 일에는 제왕이거든요.

인간은 자신이 살찌기 위해 동물을 살찌우고,

자신을 살찌운 후에는 구더기에게 먹히죠.

30   구더기에게는 살찐 왕이나 여윈 거지나

같은 식탁에 오른 두 가지 요리일 뿐이구요.

그게 끝입니다.

왕 아아, 저런!

햄릿 왕을 뜯어 먹은 구더기로 물고기를 낚아서

35   그 구더기를 먹은 물고기를 먹기도 합니다.

왕 그게 무슨 뜻이냐?

햄릿 별 것 아닙니다. 왕이 어떻게

거지 뱃속으로 행차하실 수 있는지

보여주려는 것뿐입니다.

40 **왕** 폴로니어스는 어디 있느냐?

햄릿 천당에요. 사람을 보내 찾아보시지요.

거기서 찾아내지 못하거든 전하께서 직접

반대쪽을 찾아보시는 겁니다.

그러나 이 달 안에 찾아내지 못하시면

45 전하께서 복도로 통하는 계단을 올라갈 때

그의 냄새를 맡으시게 될 겁니다.

왕 거기 가서 찾아보아라.　　　　*로젠크란츠 또는 수행원들에게*

햄릿 자네들이 올 때까지 기다리고 있을 테니.

　　　　　　　　　　[로젠크란츠 또는 수행원들 퇴장]

왕 햄릿, 이번 일로, 너의 각별한 안전을 위해 ―

50 네가 저지른 일에 너무나 가슴이 아픈 만큼

너의 안전도 염려되니

― 너를 한시바삐 떠나보내야겠다.

그러니 채비를 차려라.

배도 마련되었고 바람까지 돕는구나.

55 수행원들도 기다리고 있다.

영국으로 떠날 만반의 준비가 갖춰졌다.

햄릿 영국으로요?

왕 그렇다, 햄릿.

햄릿 좋습니다.

60 **왕** 그래야지. 과인의 뜻을 안다면.

햄릿 그 뜻을 꿰뚫어보는 천사가 보입니다.

하지만 가지요, 영국으로!

안녕히 계십시오, 사랑하는 어머니.

왕 사랑하는 아버지다, 햄릿.

65 **햄릿** 어머니면 되죠.

아버지와 어머니는 남편과 아내,

남편과 아내는 한 몸이니 어머니면 됩니다.

자, 영국으로 가자!   퇴장

왕 뒤를 바싹 따라가 곧바로 배에 태워라.

70 지체하지 말고 오늘 밤 안으로 보내야겠다.

어서 떠나라! 이 건에 관련된 그 밖의 절차는

모두 준비되었다. 부탁이다, 서둘러라.

                [길든스턴 퇴장, 아마도 로젠크란츠와 함께]

영국 왕이여, 그대가 과인의 호의를

조금이라도 소중히 여긴다면 ― 덴마크의 칼이

75 휩쓸고 지나간 상흔이 아직도 생생하고 붉으며

과인의 위력을 충분히 알고 자진하여

충성의 뜻을 알려 왔으니 ―

과인의 왕명을 소홀히 해서는 안 될 것이다.

자세한 건 친서에 충분히 명시되어 있듯이,

80   즉시 햄릿을 죽여라. 반드시 시행하라, 영국 왕이여.

그놈이 열병처럼 과인의 핏속에서 날뛰고 있으니,

그대가 나를 치료해 주어야 한다.

이 일을 끝내기 전에는 어떤 행운이 온다 해도

나에게 즐거움을 주지는 못하리라.

퇴장

4막 3장[35]

장면 12

포틴브라스, 군사들과 함께 등장

포틴브라스 부대장, 가서 덴마크 왕에게 문안드려라.

포틴브라스가 전하의 허락을 받아,

이전의 약속대로 덴마크 왕국을 통과하기를 바란다고 전하라.

만날 장소는 알고 있겠지.

5   덴마크 왕께서 나와 볼 일이 있으시다면

직접 가서 경의를 표할 것이다.

그러니 그렇게 전해라.

부대장 분부대로 하겠습니다, 왕자님.

---

35) **장소** 덴마크 국경.

포틴브라스 서서히 진군하라.

[부대장만 남고] 모두 퇴장

10   **햄릿** 여보시오, 어느 나라 군대요?

부대장 노르웨이 군대입니다.

햄릿 무슨 목적인지 알려 주시겠소?

부대장 폴란드의 일부를 치려고 합니다.

햄릿 지휘관은 누구입니까?

15   **부대장** 노르웨이 노왕의 조카, 포틴브라스요.

햄릿 폴란드 본토를 치는 거요,

아니면 국경지대요?

부대장 하나도 보태지 않고 사실대로 말씀드리면

명목 이외에는 아무 이득도 없는

20   조그만 땅 덩어리를 얻으러 갑니다.

5더컷, 단 5더컷만 내라 하더라도

그 땅은 빌리지 않을 겁니다.

또 노르웨이나 폴란드 어디든 그 땅을 돈 받고 판다 해도

더 비싼 값은 못 받습니다.

25   **햄릿** 그럼, 폴란드 사람들은 적군을 막을 생각도 않겠군요.

부대장 웬걸요, 이미 군대를 배치했습니다.

햄릿 사람 이천 명과 2만 더컷으로도

이런 하찮은 문제 하나 해결하지 못하는구나!

나라가 부해지고 안일에 빠지면, 안에서는 썩어 들어가고

30   겉으로는 사람이 왜 죽는지 그 이유를 모르는 경우로구나.

정말 고맙소이다.

부대장 신의 가호를 빌겠소.   [퇴장]

로젠크란츠 가실까요, 왕자님?

햄릿 곧 따라가겠네. 앞서 가게.   [햄릿만 남고 모두 퇴장]

35 사사건건 모든 일이 나를 책망하고

무딘 내 복수심에 박차를 가하는구나.

인간이란 게 무엇일까?

시간을 팔아 챙긴 주 소득이 자고 먹는 것뿐이라면,

짐승과 다를 게 어디 있는가?

40 우리에게 앞뒤를 살필 수 있는

이렇게 커다란 사고력을 주신 분께서는

우리가 그 능력과 신과 같은 이성을 쓰지 말고

썩히라고 주신 게 아니다.

그런데, 짐승 같은 망각에 빠진 것인지,

45 혹은 사태를 너무 세밀하게 생각하는

비겁한 망설임 때문인지 —

그 생각을 네 조각으로 쪼개봤자,

하나만 지혜고 나머지는 세 조각은 비겁함이겠지만 —

난 왜 이 일은 해야 한다 말하면서도 하지 못하는지 모르겠다.

50 해야 할 명분과 의지, 힘과 수단이 있으면서 말이다.

대지처럼 분명한 사례들이 날 훈계한다.

이 위세 당당한 대규모 군대를 보라.

가냘프고 여린 왕자가 이끌고 있지 않은가?

그의 마음은 신성한 야심에 부풀어
55 예측 못할 일 따위는 코웃음을 치고, 자신의 목숨을
    운명과 죽음, 위험 속에 내던지고 있지 않는가?
    그것도 달걀 껍데기만한 땅덩어리 때문에.
    진정으로 위대한 것은
    큰 명분이 있어야만 움직이는 게 아니라
60 명예가 걸렸을 땐 지푸라기 하나에서도
    큰 싸움을 찾아내는 것이다.
    그런데 난 뭔가?
    아버지는 살해되고 어머니는 더럽혀지고,
    내 이성과 혈기가 들끓어야 할 텐데도
65 모든 걸 잠재우고, 창피하게도 병사 2만의
    임박한 죽음을 보고 있지 않는가?
    그들은 명성이란 환상과 속임수 때문에
    잠자리에 들듯 무덤으로 가며,
    명분을 위해 싸우기에도,
70 죽은 이를 파묻을 묘지로도 충분치 않을
    땅을 위해서 싸우지 않는가?
    아, 이 순간부터 나는
    피비린내가 나는 일만 생각하리라.
    그렇지 않다면 아무 소용없으리라!   퇴장

4막 4장36)

장면 13

왕비와 호레이쇼 등장

거트루드 그 애와 얘기하고 싶지 않아요.

호레이쇼 집요하게 청하고 있습니다.

정말 실성했는지 너무나 측은해 보입니다.

거트루드 어떻게 해달라는 거죠?

5 **호레이쇼** 자꾸만 자기 아버지 이야기를 합니다.

세상에는 해괴한 일이 있다고 들었다며,

헛기침을 하고, 가슴을 치고, 사소한 일에도 발끈 화를 내며,

도무지 알쏭달쏭한 말을 지껄입니다.

그녀가 하는 말은 아무 뜻도 없지만,

10 두서없이 하는 말에 듣는 사람들은 억측을 하고

저마다 제 생각에 꿰어 맞춰 마음대로 해석합니다.

그래서 그녀의 눈짓, 고갯짓, 몸짓으로 미루어 보아

확실하지는 않지만 큰 불행이 있었다는 걸

짐작하게 됩니다.

15 **거트루드** 만나서 이야기해 보는 것이 좋을 듯하군.

사악한 자들에게 위험한 억측의 씨를 뿌릴지도 모르니.

---

36) **장소** 엘시노어 왕궁 안.

제4막 **163**

들라 하시오. 　　　　　호레이쇼 문 쪽으로 가거나 퇴장

병든 내 마음에는—죄의 본성이 그렇듯—　　　　방백

사소한 일 하나하나가

20　어떤 큰 재앙의 징조처럼 느껴지는구나.

죄책감은 서투른 의혹으로 가득해

감추려고 애쓰면 애쓸수록 저절로 드러나는구나.

실성한 오필리아 등장　　　　　호레이쇼와 함께

오필리아　덴마크의 아름다운 왕비마마께선 어디 계시죠?

거트루드　웬일이냐, 오필리아!

25　**오필리아**　"참사랑 당신을　　　　　　　노래한다

　　　　　다른 사랑과 어찌 구별할까요?

　　　　　조가비 장식 모자와 지팡이,

　　　　　그리고 샌들을 보면 알지요."

거트루드　아, 가엾은 오필리아, 그 노래는 무슨 뜻이지?

30　**오필리아**　뭐라고요? 아니, 그냥 들어 보세요.

　　　　　"그는 죽고 없어요, 아씨,　　　　노래한다

　　　　　그는 죽고 없어요.

　　　　　머리맡엔 푸른 잔디,

　　　　　발치에는 비석 하나뿐이죠."

왕 등장

35 **거트루드** 아니, 하지만, 오필리아 —

오필리아 부디, 들어 주세요.

　　　"수의는 산봉우리 눈처럼 희고 —"　　　*노래한다*

거트루드 아, 이것 좀 보세요, 전하.

오필리아 "어여쁜 꽃들에 싸여　　　*노래한다*

40 　　　참사랑의 눈물은 소낙비 되어

　　　무덤으로 가지도 못했다오."

왕 어찌된 일이냐, 귀여운 애야?

오필리아 잘 지냅니다. 고맙습니다.

사람들이 그러는데 올빼미는 원래 빵집 딸이었대요[37].

45 오늘 일은 알아도 내일 일은 모르는 게 우리 인간이죠.

식탁에 신의 축복이 있기를!

왕 아비 생각을 하는군.

오필리아 제발 그 얘긴 그만두세요.

하지만 사람들이 뜻을 묻거든 이렇게 말하세요.

50 　　　"내일은 성 밸런타인의 날.　　　*노래한다*

　　　아침 일찍 동이 트면

　　　이 처녀는 당신 창가에 서서

　　　그대의 연인이 되려 기다리리.

　　　그대 일어나 옷을 입고

55 　　　방문을 열어 주니,

---

37) 예수가 빵을 구걸했을 때 박대하여 올빼미가 되었다는 빵집 딸의 이야기를 가리킨다.

들어간 처녀, 나올 땐

처녀가 아니라네.”

왕 귀여운 오필리아.

오필리아 아이 참, 잡담은 그만 하고 노래나 끝낼래요.

60 　　“예수와 성 자비의 이름으로,　　　　　**노래한다**

아아, 슬프고 부끄럽구나!

젊은 사내들은 틈만 나면 하려 한다네.

아 정말, 그들은 나빠요.

그녀는 말하네, ‘날 넘어뜨리기 전에,

65 　　당신은 결혼한다 약속했죠.’

‘나도 그랬을 거야, 저 태양에 맹세코,

당신이 내 침대로 오지 않았다면.’”

왕 저 애가 언제부터 저리 되었소?

오필리아 모든 일이 잘되길 빌어요. 우리는 참아야 해요.

70 하지만 그분이 차디찬 땅속에 묻힐 것을 생각하면

울음이 터지는 걸요. 오라버니도 아시게 될 거에요.

그리고 좋은 충고 고맙습니다.

마차야, 가자! 안녕히 주무세요. 숙녀 분들, 안녕히.

상냥한 숙녀 분들 안녕히, 안녕히 주무세요.　　　　**퇴장**

75 **왕** 바짝 뒤를 따라라. 잘 살펴보아라.　**호레이쇼에게 부탁한다**

　　　　　　　　　　　　　　　　[호레이쇼 퇴장]

아, 이건 깊은 슬픔의 독약이구나.

모든 게 제 아비의 죽음 때문이오.

아, 거트루드, 거트루드,

슬픔이 닥칠 땐 정찰병이 하나씩 오지 않고

80　대부대가 무리지어 오는구려.

먼저 그 애 부친이 살해되고 그 다음엔 당신 아들이 떠났소.

하긴 난폭한 행동을 했으니 추방당한 것도 당연하오.

선량한 폴리니어스의 죽음을 둘러싸고

좋지 않은 억측과 소문이 파다하여

85　백성들이 동요하고 있소. 그런데 과인은 어리석게도

은밀히 그를 매장해버렸소. 가엾은 오필리아는

실성하여 인간이라는 명목 없이는

그림이나 짐승과 다를 바 없는

올바른 판단력을 잃어버렸소.

90　마지막으로, 이 모든 것들만큼이나 중요한 일은

저 애 오라비가 비밀리에 프랑스에서 돌아와

어떤 의혹 때문인지 두문불출하고 있다는 사실이오.

그의 귀에 부친의 죽음에 대해 전염병 같은 소문을

흘릴 사람들은 얼마든지 있을 거요.

95　그리 되면 진상이 애매하니 과인에 대한 비난도

이 귀에서 저 귀로 번져갈 것이 뻔하지 않소.

아, 사랑하는 거트루드, 이 비난이

마치 화살처럼 내 온몸에 구석구석 박혀

내 목숨을 여러 번 앗아 갈 것이오.

안에서 시끄러운 소리

100   **거트루드** 아니! 저게 무슨 소리죠?
 왕 스위스 호위병들은 어디 있느냐? 문을 지키라 해라. ―

전령 등장

무슨 일이냐?
 전령 전하, 몸을 피하십시오!
 바다가 그 경계를 넘어 해안을 삼키는 것보다도
105   격렬한 기세로 젊은 레어티즈가 폭도들을 거느리고
 전하의 호위병들을 위협하고 있습니다.
 폭도들은 그를 왕이라 부르며
 마치 새로운 세계가 시작되는 것처럼,
 모든 말씀을 인정해주고 지지해주는
110   전통도 잊고, 관습을 나 몰라라 하면서
 '우리가 선택한다! 레어티즈를 왕으로!'라고 외칩니다.
 모자를 공중에 던지고 손뼉을 치며 하늘을 찌를 듯이
 '레어티즈를 왕으로, 레어티즈 왕!'이라고 부르짖습니다.
 거트루드 냄새를 잘못 맡고서 신명나게 짖어대는구나!
115   방향을 잘못 짚었다, 이 배은망덕한 덴마크의 개들아!

         안에서 시끄러운 소리

레어티즈 등장 　　　　　　　　*군중들은 문에서 기다린다*

왕 문이 부서지는구나.

레어티즈 왕은 어디 있느냐?

— 여러분은 모두 밖에서 기다려 주시오.

군중 아니오, 우리도 들어갑시다. 　　　　　*문 앞에서*

120　　**레어티즈** 부탁이니, 내게 맡겨주시오.

군중 그럽시다, 그럽시다.

레어티즈 고맙소, 문을 지켜 주시오. —

이 간악한 왕아, 내 아버지를 내놔라!

거트루드 진정하라, 레어티즈. 　　　　*그를 붙잡거나 막아선다*

125　　**레어티즈** 진정할 수 있는 피가

내게 한 방울이라도 남아 있다면 난 아버지의 자식이 아니고,

아버지는 화냥년의 남편이 되며,

정숙한 내 어머니의 순결한 그 이마에는

창녀의 낙인이 찍히게 될 것이다.

130　　**왕** 도대체 이유가 뭐냐, 레어티즈?

어째서 이렇게 엄청난 반란을 일으켰느냐?

놔두시오, 거트루드. 과인은 걱정할 것 없소.

국왕에게는 신의 가호가 울타리를 쳐주니

반역자도 눈치만 살필 뿐 뜻대로 행동하지

135　　못하는 법이오. — 말하라, 레어티즈.

무엇 때문에 이리 광분하느냐? — 놔두시오, 거트루드. —

어서 말하라.

레어티즈 내 아버지는 어디 있소?

왕 죽었다.

140 **거트루드** 하지만 전하가 하신 일이 아니다.

왕 뭐든 물어 보게 두시오.

레어티즈 어떻게 돌아가셨소? 날 속일 순 없을 거요.
충성 따위는 지옥에나 떨어지라지!
군신의 맹세도 시키면 악마에게 주겠소!

145 양심도 은총도 저 깊은 구렁 속으로나 떨어져 버려라!
저주도 두렵지 않소. 분명히 말해 두는데,
현세고 내세고 내 알 바 아니오.
무슨 일이 닥치더라도 철저하게
내 아버지의 원수를 갚고야 말겠소.

150 **왕** 누가 너를 막겠느냐?

레어티즈 내 뜻 외에 세상 어떤 것도 나를 막지 못하오.
내 힘은 미약하지만 온갖 수단 방법을 다 써서
어떻게든 끝장을 보고 말겠소.

왕 레어티즈, 네가

155 사랑하는 네 아버지의 죽음에 대한 진상을 알고자
우군과 적군, 그리고 승자와 패자 가리지 않고
닥치는 대로 해치우라고
네 복수심에는 그렇게 쓰여 있단 말이냐?

레어티즈 상대는 아버지의 원수뿐이오.

160   **왕** 그렇다면 그 원수를 알고 싶으냐?

레어티즈 아버지의 친구라면

이렇게 두 팔을 벌려 환영할 거요.

자기 피로 새끼를 기른다는 펠리컨처럼 내 피를 줄 것이오.

왕 암, 그래야지.

165   이제야 기특한 자식답게 진짜 신사다운 말을 하는군.

과인은 네 아버지의 죽음에 아무런 책임도 없을 뿐더러

누구보다도 깊이 슬퍼하고 있다.

이런 사실은 밝은 햇빛이 네 눈에 스며들 듯

네 판단력을 곧장 꿰뚫을 것이다.

안에서 시끄러운 소리

170   **군중** 여자를 들여보내라!

오필리아 등장

레어티즈 뭐지? 저게 무슨 소리냐?

아, 열기여, 뇌수를 말려다오.

눈물이여, 일곱 배나 짜게 변하여

내 눈의 감각과 능력을 태워다오!

175   맹세코, 널 실성케 한 원한은 저울이 기울 만큼

철저히 갚아주마. 아, 오월의 장미,

사랑스러운 처녀, 상냥한 누이, 아름다운 오필리아!

아, 하늘이여, 젊은 처녀의 정신이 노인의 목숨처럼

저렇게 시들어 버릴 수가 있단 말입니까?

180 사람의 본성은 사랑으로 순결해지고,

본성이 순결한 사람은 자신의 소중한 일부를

사랑하는 이에게 딸려 보내는구나.

오필리아 "얼굴도 덮지 않고 관에 얹어 갔지.　　　　　*노래한다*

헤이 논 노니, 노니, 헤이 노니,

185 덤에는 눈물이 억수같이 쏟아지네.

안녕, 내 사랑."

레어티즈 네가 제정신으로 복수를 조른다 해도

이렇게 내 마음을 움직이지는 못했을 것이다.

오필리아 당신은 '아래로, 아래로' 라며 노래하고, 그를

190 '아래로 간 사람'이라고 불러야 해요.

아, 후렴이 잘도 맞네!

주인 딸을 훔친 건 못된 하인이었대요.

레어티즈 이런 무의미한 말이 무엇보다 의미심장하구나.

오필리아 여기 로즈메리가 있어요. 잊지 말라는 뜻이에요.

195 내 사랑, 부디 잊지 마세요.

그리고 이 팬지는 생각해 달라는 뜻이고요.

　　　　　　　　　　　　　　　진짜 꽃 또는 상상으로 꽃을 건넨다

레어티즈 실성한 말 속에도 교훈이 있구나.

잊지 말고 생각하라니 꼭 맞는 말이다.

오필리아 당신에겐 이 회향꽃과 매발톱꽃을.   왕에게

200 당신에겐 운향꽃[38]을 드릴게요.   왕비에게

저도 좀 갖고요. 일요일엔 이걸 은혜초라 불러도 괜찮아요.

아, 당신은 운향꽃을 좀 다르게 꽂아야 해요.

데이지도 있어요. 제비꽃[39]을 좀 드리고 싶지만

아버지가 돌아가시고 모두 시들어버렸어요.

205 아버지는 훌륭하게 돌아가셨대요 —

    "사랑스럽고 귀여운 울새만이   노래한다

    내 모든 기쁨."

레어티즈 생각과 고통, 열정, 지옥 그 자체까지도

누이는 매력으로, 아름다움으로 바꾸는구나.

210 **오필리아** "다시는 돌아오지 않으실까?   노래한다

    다시는 돌아오지 않으실까?

    아니, 아니, 가셨어요.

    무덤으로 가셨으니,

    결코 돌아오지 않으리.

215   수염은 흰 눈 같고

    머리는 삼처럼 온통 희네.

    그분이 가셨네, 그분이 가셨네,

    한탄한들 소용없네.

---

38) 회향꽃은 아첨, 매발톱꽃은 부정, 운향꽃은 참회를 상징한다.

39) 데이지는 속임이나 사랑과 연관된 봄철의 꽃을 의미하는 것으로 보이고 제비꽃
은 신의와 정절을 상징한다.

신이여 그분께 자비를 베푸소서!"

220 그리고 모든 기독교인 여러분을 위해서도
기도드려요. 안녕히 계세요.

오필리아 퇴장 [거트루드와 함께?]

레어티즈 보셨습니까, 오, 하늘이여!

왕 레어티즈, 네 슬픔을 함께 나누어야겠다.

거절할 까닭은 없을 게다. 그럼 가서,

225 누구든 좋으니 가장 똑똑한 네 친구 몇 명을

불러 너와 과인의 말을 듣고 판단하게 하자.

직접적이든 간접적이든 과인이 연루되었다는

혐의가 드러난다면 과인의 왕국이고 왕관이고

목숨이고, 아니 과인의 것이라 하는 것은 모두

230 네게 보상으로 주겠다. 하지만 그렇지 않다면,

네 인내심을 기꺼이 내게 맡겨라.

그러면 과인은 네 원한이 충분히 풀리도록

너와 함께 힘쓸 것이다.

레어티즈 그렇게 하겠습니다.

235 부친의 사망 경위, 모호한 장례식 —

무덤에는 유품이나 칼, 상중문장40)도 없었을 뿐더러

제대로 격식을 갖춘 의식도 치르지 못했다고 하니 —

그 일이 하늘에서 땅까지 들리도록 외쳐

---

40) 상중(喪中)임을 알리는 문표(紋標).

반드시 해명을 요구해야 하겠습니다.

240 **왕** 그래야지.

그래서 죄 있는 곳을 거대한 도끼로 내려쳐야지.

부디 나와 함께 가자.

모두 퇴장

4막 5장
장면 14

호레이쇼와 하인 등장

호레이쇼 내게 할 말이 있다는 사람들이 누구냐?

하인 선원들입니다.

나리께 전할 편지를 가져왔다고 합니다.

호레이쇼 들여보내라. 하인 퇴장

5 세상 어디에도 편지를 보낼 사람이 없는데,

햄릿 왕자님 말고는.

선원 등장

선원 나리께 신의 은총을!

호레이쇼 자네에게도 신의 은총을!

선원 그분 뜻이라면 은총을 주시겠죠, 나리.   편지를 건넨다

10 편지를 가져왔습니다.

그그 영국으로 가는 사신께서 보내신 겁니다.

나리 이름이 호레이쇼라면요.

그렇게 알고 있습니다만.

호레이쇼 '호레이쇼,   편지를 읽는다

15 이 서찰을 받아 보거든 선원들을 국왕께 안내해 주게.

국왕 앞으로 보내는 편지를 이들이 가지고 가네.

우린 출항한 지 이틀 만에

중무장한 해적선의 추격을 받았네.

우리 배의 속력이 너무 느린 탓에

20 우리는 부득이 용맹을 발휘해 싸웠고,

접전 중에 나는 적의 배를 타게 됐네.

내가 옮겨 타자마자

그들의 배가 우리 편 배에서 떨어져 나갔고

나 홀로 그들의 포로가 되었네.

25 해적들은 의적처럼 나를 대우했지만,

실은 그들 속셈은 따로 있었네.

내게서 보답을 받으려는 수작이었지.

내가 보낸 편지를 국왕께 전해주고,

자네는 죽음에서 도망치듯 재빨리 내게 와주게.

30 자네에게 해줄 말이 있는데,

그걸 들으면 놀라 말문이 막힐 걸세.

그래도 그건 사태의 심각성에 비하면 너무나 가볍네.

이 선량한 사람들이

자넬 내가 있는 곳으로 안내해 줄 걸세.

35 로젠크란츠와 길든스턴은 영국으로 항해하는 중인데,

그들에 대해서도 할 얘기가 많다네. 그럼 이만.

자네도 알다시피 자네의 참된 친구 햄릿으로부터' —

이리 오게, 가져온 편지들을 전달할 방법을 알려 주겠네.

되도록 빨리 일을 마치고

40 나를 그 편지를 보내신 분에게 데려다 주게.　　모두 퇴장

4막 6장

장면 15

왕과 레어티즈 등장

왕 이제는 과인의 결백을 인정하고

과인을 진정한 친구로 생각하겠지.

넌 총명하니 잘 알아들었겠지만

고귀한 네 아버지를 살해한 자가

5 과인의 목숨까지도 노리고 있다.

레어티즈 그런 것 같습니다. 한데

왜 이런 행위를 처벌하지 않으셨는지 말씀해 주십시오.

사형에 처해야 마땅한 큰 범죄이자

전하의 안전이나, 분별력, 그 밖에 어느 모로 보나,

10   그냥 넘어갈 수 없는 일입니다.

왕 그건 두 가지 특별한 이유 때문이다.

네게는 하찮게 보일지도 모르지만 과인에게는

아주 중요한 이유다. 그의 생모인 왕비는

아들 보는 걸 낙으로 살아가고 있다. 그리고 과인에게—

15   그게 내 미덕이든 재앙이든, 그 어느 쪽이거나—

왕비는 내 생명과 내 영혼에 굳게 결합되어 있어서,

마치 별이 그 궤도를 벗어날 수 없듯이,

과인도 왕비 없이는 살 수가 없다. 또 하나,

그를 공개적으로 재판하지 못하는 이유는

20   일반 백성들이 그를 지극히 사랑하기 때문이다.

백성들은 그의 모든 허물을 애정 속에 담그고,

나무를 돌로 바꾸는 샘물처럼

그가 족쇄를 차고 있어도 장신구로 여기니,

과인이 화살을 쏘아도,

25   그런 거센 강풍에는 살대가 너무도 가벼워

본래 겨냥했던 곳으로 날아가지 못하고

과인의 활로 되돌아오고 말았을 것이다.

레어티즈 그래서 저는 고귀한 아버지를 잃었고,

누이동생마저 절망적인 상태에 빠졌군요.

30   그 애는— 이런 찬사가 이제 무슨 소용이 있겠습니까만—

어느 시대의 누구와 견주어도 나무랄 데 없이
완벽했습니다. 기어이 복수할 것입니다.

왕 그렇다고 잠을 설쳐서는 안 된다.

내 수염을 위험하게 잡아당기는데도
35 재미로 여길 만큼 과인이 둔하다고 생각지는 마라.

조만간 자세한 얘길 들려주마.

과인은 네 선친을 사랑했다. 그리고 나 자신을 사랑한다.

이쯤 말하면 너도 짐작하겠지 —

전령 등장

웬일이냐! 무슨 소식이 있느냐?

40 **전령** 햄릿 왕자님의 편지입니다, 전하.

이것은 전하께, 이것은 왕비마마께.   *편지를 건넨다*

왕 햄릿한테서? 누가 갖고 왔느냐?

전령 선원들이라고 합니다, 전하.

제가 직접 보지는 못했고 클로디오[41]가 전해 주었습니다.

45 그걸 가져온 자에게서 그가 편지를 받았다고 합니다.

왕 레어티즈, 들어 보아라. — 너는 물러가라.   *전령 퇴장*

'지존하신 전하께 아룁니다.

저는 맨몸으로 이 나라에 상륙했습니다.

---

41) Claudio 허풍쟁이, 중개인. 또는 호레이쇼를 잘못 쓴 셰익스피어의 실수.

내일 전하를 알현하기를 청하옵니다.

50 그때 우선 전하의 허락을 구한 후,

제가 갑자기 기이하게 귀국한 연유를 말씀드리겠습니다.

햄릿 올림.'

이게 무슨 뜻이지? 나머지 일행도 모두 돌아왔느냐?

혹시 속임수가 아닐까? 속임수처럼 보이진 않는데?

55 **레어티즈** 필체를 알아보시겠습니까?

왕 햄릿의 글씨다. '맨몸'이라 —

그리고 여기 추신에는 '홀로'라고 썼군.

네 생각은 어떠냐?

레어티즈 도무지 모르겠습니다, 전하.

60 하지만 오라고 하십시오.

살아서 그놈 면전에 '네놈이 한 짓이지!' 하고

따질 생각을 하니, 응어리진 가슴이 후련해지는

것 같습니다.

왕 그렇다면, 레어티즈 —

65 그런데 어떻게 돌아왔을까? 그렇지 않고서야 어찌? —

너는 과인이 시키는 대로 따르겠느냐?

레어티즈 제게 억지로 화해하라고만 하지 않으신다면요.

왕 네 한을 풀어주기 위해서다.

놈이 이제 항해를 그만두고 돌아와

70 다시 떠날 생각이 없다고 하면

과인은 놈을 설득해서 미리부터

준비해 둔 계략에 끌어들일 작정이다.

그러면 놈은 죽음을 면치 못할 것이다.

그리고 놈의 죽음에 대해 아무도 따지지 않을 것이고

75 제 어미조차 계략을 알아차리지 못하고

사고로 여길 것이다.

레어티즈 전하, 분부대로 따르겠습니다.

특히 제가 그 도구가 되도록

일을 추진해 주신다면 더욱 기쁘겠습니다.

80 **왕** 잘됐다.

네가 외지에 있는 동안 소문난 네 재주에 대해

평판이 대단했어. 햄릿도 들었을 테지.

네 다른 능력을 다 합쳐도 그것만큼

햄릿의 시기심을 불러일으키지는 못했을 것이다.

85 내가 보기엔 너한테는 그리 대단한 것도 아니지만.

레어티즈 그게 뭡니까, 전하?

왕 젊은이의 모자를 장식하는 리본에 불과하지.

그러나 필요하긴 해. 왜냐하면 젊은이에게는

가볍고 아무렇게나 걸치는 옷이, 노인이 입는

90 번영과 위엄을 뜻하는 예복만큼 어울리는 법이니까.

두 달 전에 노르망디에서 한 신사가 이곳에 왔었다.

프랑스 사람들과 만나도 보고 겨루기도 했지만

그들은 말 타는 재주가 뛰어나지.

하지만 이 훌륭한 젊은이는 솜씨가 귀신 같았어.

95   그는 안장에 바싹 달라붙어서

그 근사한 짐승과 한 몸이 되어

반인반마가 된 듯이 놀라운 묘기를 보여줬다.

내 상상을 훨씬 초월하는지라

내가 자세나 재주를 그려 본다 하더라도

100   그가 보여준 묘기에 미치지 못한다.

레어티즈   노르망디 사람이라고요?

왕   그렇다.

레어티즈   틀림없이 라몽드입니다.

왕   그래, 그 사람이다.

105   **레어티즈**   저도 잘 알고 있습니다. 정말 보석입니다.

프랑스 전체의 보배지요.

왕   그 사람이 너에 대해 얘기하더구나.

호신술의 이론과 실기에서 네가

뛰어난 솜씨를 가지고 있다고 칭찬했어.

110   그리고 특히 검술에서

너와 겨룰 상대가 있다면 그야말로

대단한 시합이 될 거라고 공언했다.

자기나라 검객들은 만일 네가 대적하면

동작과 방어는 물론 경계도 하지 못할 것이라고

115   단언했었지.

그 사람 말을 들은 햄릿은 시기심에 불타서

네가 속히 돌아와 자기와 한판 겨루어

보기만을 간절히 바라고 있었다.

그래서 하는 말인데 —

120 **레어티즈** 그래서 무엇입니까, 전하?

왕 레어티즈, 너는 부친을 진정으로 사랑했느냐?

아니면 그림 속의 슬픔처럼 속 다르고 겉 다른

외양뿐이었느냐?

레어티즈 왜 그런 말씀을 하시는 겁니까?

125 **왕** 부친을 사랑하지 않았다고 생각해서가 아니라,

내가 알기로 사랑에도 시작하는 때가 있고,

또 내 경험으로 사랑의 불꽃과 열기도

시간이 흐르면서 약해지는 것을 알기 때문이다.

사랑의 불길 속에도 불길을 약하게 하는

130 심지나 검댕이 같은 것이 자라나는 법이지.

언제나 꼭 같이 좋은 것은 없는 법이다.

좋은 일도 지나치면 그 과도함 때문에 죽고 말거든.

그러니 하고 싶은 일은 하고 싶을 때 해야 돼.

왜냐하면 세상에는 말도 많고

135 손도 많고 사건도 많은 만큼

'하고 싶은' 마음은 변하고 줄고 지연되어

'해야 된다'는 마음도 심장을 도려내는 한숨처럼

우리 마음을 해친단다.

자, 문제의 핵심을 말하자면 햄릿이 돌아온다.

140 네가 네 부친의 아들임을 말로만이 아니라

진정 행동으로 보여 주기 위해

넌 어떻게 할 작정이냐?

레어티즈 교회당 아니라 하더라도 놈의 목을 치겠습니다.

왕 그 어떤 곳이든 살인에는 결코 성역이 없어야 하고

145 복수에는 어떤 한계도 없어야지. 하지만 레어티즈,

복수를 하려거든 네 방에 틀어박혀 있거라.

햄릿이 돌아오면 너의 귀국을 알려 줄 것이다.

과인은 사람들을 부추겨 네 뛰어난 솜씨를

칭찬하게 하고, 그 프랑스인이 네게 한 찬사보다

150 두 배는 더 빛을 내고 결국 두 사람을 맞붙여서

목을 건 승부를 가리게 하겠단 말이다. 햄릿은

조심성이 없는 데다 고결한 성미에 술수라는 것을

모르니 연습용 칼을 잘 살피지도 않을 것이다.

그러니 쉽게, 아니면 속임수를 약간 써서 날이

155 무디지 않은 칼을 골라

시합 중에 네 부친의 원수를 갚을 수 있을 것이다.

레어티즈 그렇게 하겠습니다.

좀 더 확실하게 칼에 독을 바르겠습니다.

제가 돌팔이한테서 사둔 독약이 있는데

160 독성이 너무나 치명적이라 칼을 잠깐 담갔다가

그 칼로 피를 내면, 달빛 아래 효험 있는

모든 약초에서 추출해서 만든 진귀한 고약이라고 해도

살짝 긁히기만 한 생명조차 살려 낼 수 없습니다.

그 독약을 칼끝에 묻혀 두겠습니다.

165 그 칼이 놈을 가볍게 스치기만 해도

놈은 죽음을 면치 못할 것입니다.

왕 그건 좀 더 생각해 보자.

우리 계획에 적합한 가장 좋은 시간과 방법을

잘 생각해야 한다. 만약 일이 잘못되고

170 우리 계획이 엉성한 행동으로 탄로 날 바에야 차라리

시도하지 않는 편이 나을 것이다.

그러니 이 일은 실행 중에 무산될 경우를 대비해서

다음 계획을 마련해 놓아야 한다.

잠깐, 어디보자.

175 과인이 두 사람의 기량에 공정한 내기를 건다고 하고,

그렇지! 몸을 움직이다 보면 덥고 목이 마를 테지 ─

그렇게 되도록 네가 격렬하게 시합을 해줘야 한다 ─

그러면 놈이 마실 것을 청할 테고,

그때를 대비해 술을 준비해 둘 것이다.

180 한 모금만 마시면,

비록 놈이 요행히 독을 묻힌 네 검을 피해 간다 하더라도

우리는 목적을 이룰 것이다. ─

울면서, 왕비 등장

어쩐 일이오, 왕비?

거트루드 불행이 꼬리를 물고 너무도 빨리 오는구나.

185 　네 누이가 물에 빠져 죽었다, 레어티즈.

레어티즈 물에 빠져 죽다니요? 아, 어디서요?

거트루드 버드나무 한 그루가 거울 같은 물 위에

하얀 잎사귀를 비추며

시냇가에 비스듬히 자라는 곳이 있는데,

190 　그곳에서 그 애가 미나리아재비, 쐐기풀, 데이지,

그리고 입이 거친 목동들은 더 상스럽게 부르지만

정숙한 처녀들은 '죽은 이의 손가락'이라고 부르는

자줏빛 난초를 엮어서 환상적인 화환을 만들었지.

그 화환을 늘어진 버드나무 가지에 걸려고 나무에 올라갔다가

195 　심술궂은 가지가 부러지는 바람에

네 누이는 화관과 함께 울고 있는 시냇물 속에 빠지고 말았다.

그런데 옷자락이 활짝 펴져서

마치 인어처럼 한동안 물 위에 둥둥 떠 있었고,

그동안 오필리아는 마치 자신의 불행을 모르는

200 　사람처럼, 아니 물속에서 나고 자란 사람처럼

옛 찬송가를 구절구절 불렀다. 하지만 그것도

잠깐이고 물에 젖은 옷이 무거워져 아름답던

노랫소리도 끊어지고 그 가엾은 것이

바닥의 진흙 속으로 끌려 들어가 죽고 말았다.

205 　**레어티즈** 아아, 그럼 정말 물에 빠져 죽었나요?

거트루드 물에 빠져서, 물에 빠져 죽은 거야.

레어티즈 이젠 물이 지겹겠구나, 가엾은 오필리아.

그래, 나도 눈물을 흘리지 않겠다.

하지만 그게 사람의 본성인지,

210 부끄러움이 뭐라고 하든 본성에 따를 수밖에 없구나.

이렇게 실컷 울고 나면   운다

내 안의 나약함도 끝나리라. ― 안녕히 계십시오, 전하.

드리고 싶은 말씀이 불처럼 활활 타오르지만

지금은 어리석은 눈물에 꺼져 버립니다.   퇴장

215 **왕** 따라가 봅시다, 거트루드.

저 애의 분노를 진정시키려고 내 얼마나 진땀을 뺐는지!

이 일로 다시 분노하게 될까 두렵소.

따라가 봅시다.   모두 퇴장

제5막

5막 1장

장면 16

두 광대 등장   삽과 곡괭이를 들고

광대1 제 스스로 세상을 하직한 여잔데
기독교 예식으로 매장을 해도 되는 건가?
광대2 된다는군 그래.
그러니 어서 무덤이나 파라고.

5 검시관이 조사해 보고는
기독교식으로 매장하라고 했어.
광대1 어떻게 그럴 수가 있지.
자기 몸을 지키려고 어쩔 수 없이
물에 뛰어들었다면 몰라도.

10 **광대2** 아무튼, 그렇게 결정이 났다고.
광대1 그렇다면 그건 정당 폭행이지.
틀림없다고. 요점은 이렇단 말씀이야.
가령 내가 일부러 물에 빠졌다면, 그걸 행위라 하거든.
그런데 행위는 세 가지로 나뉘지.

15 행동하는 것, 하는 것, 실행하는 것.
고로 이 여자는 일부러 빠져 죽은 거야.
광대2 아니, 내 말 좀 들어봐. 삽질하는 양반 —
광대1 끝까지 들어. 여기 물이 있다고 치자고.

좋아, 또 여기 사람이 있다고 치세.

20 그래, 그런데 그 사람이 물가로 가서 빠져 죽는다면

그건 원했건 원치 않았건 자기가 간 거야. 기억해 두라고.

그런데 만약 물이 와서 그를 빠뜨려 죽인다면

그건 스스로 죽은 게 아니지.

그러니까 자기 죽음에 책임이 없는 자는

25 제 손으로 목숨을 끊은 게 아니라고.

광대2 하지만 그게 법인가?

광대1 암, 물론이지. 검시관의 검시법이라는 거야.

광대2 사실을 알려 줄까?

이 여자가 귀족 집안 아가씨가 아니었다면

30 이렇게 기독교식으로 묻히지 못했을 거야.

광대1 어이구, 옳은 소리 한번 잘 하는군.

그리고 더욱 딱한 건, 이 세상에서 귀족들은

물에 빠져 죽거나 목매달아 죽거나 할 자유가

다른 기독교인들보다도 많다는 거야. 자, 내 삽 주게.

35 귀족 집안치고 조상이 정원 가꾸고, 도랑치고, 무덤 파는 걸

하지 않은 사람은 없어. 아담의 직업42)을 물려받았으니까.

광대2 아담도 귀족이었나?

광대1 인류 최초로 문장紋章43)이 있었던 사람이지.

---

42) 성경에서 아담은 에덴동산을 돌보는 일을 했다.

43) arms coat of arms 문장(紋章)은 귀족의 상징이다. arms는 동음이의어로 '문장'
이라는 뜻 이외에 아래 나오는 '팔'이라는 의미도 있어서 말장난을 하고 있다.

광대2 에이, 그런 건 없었어.

40 　**광대1** 뭐야, 자네, 이교도인가? 성경에서 뭘 읽었나?

성경 말씀에 '아담이 땅을 팠노라.'라고 있잖아.

그런데 팔도 없이 어떻게 팠겠나?

한 가지 더 물어보겠는데,

똑바로 대답하지 못하겠거든 참회하라고.

45 　**광대2** 해 봐.

광대1 석수나 조선공이나 목수보다

더 튼튼한 걸 만드는 사람이 누군지 아나?

광대2 교수대 만드는 사람이지.

천 명이 빌려 써도 끄떡없으니까.

50 　**광대1** 자네 재치가 대단하군, 정말.

교수대가 제격이기는 하지.

헌데 어디에 제격이냐? 나쁜 짓 하는 놈들한테 제격이지.

그렇다고 교수대가 교회보다 튼튼하다고 말하는 건

나쁜 짓이야. 그러니 자네는 교수형 감일 수도 있어.

55 　자, 다시 대답해 봐.

광대2 석수나 조선공이나 목수보다 더 튼튼한 걸

만드는 사람이 누구냐고?

광대1 그래, 얼른 대답하고, 짐을 내려놓으라고.

광대2 옳지, 알았다.

60 　**광대1** 대답해 봐.

광대2 제길, 못하겠어.

햄릿 등장, 그리고 멀리서 호레이쇼 등장 햄릿, 망토를 두르고?

광대1 그거 갖고 더 이상 머리를 쥐어짜진 말라고.

느려터진 당나귀 때려봤자 빨라질 리 없으니까.

다음에 누가 이런 걸 묻거든 '무덤 파는 사람'이라고 하게나.

65 그가 지은 집은 최후의 심판 날까지 멀쩡할 테니.

자, 요한 집에 가서 술이나 한 병 받아오라고. *[광대2 퇴장]*

　　　"젊은 시절에는 사랑을 했네.　　　　　*노래한다*

　　　참으로 달콤하다 생각했지.

　　　간을— 아 —내 맘대로— 음 — 흘려보냈지.

70 　　　그보다 더 좋은 게 없는 줄 알았다네."

햄릿 저 친구는 자기기 하는 일이 뭔지도 모르는군.

무덤을 파면서 노래를 불러?

호레이쇼 늘 해온 일이라 아무렇지도 않은 모양입니다.

햄릿 그런가 보군.

75 쓰지 않은 손일수록 더 민감한 법이지.

광대1 "그러나 세월이 슬그머니 다가와　　　*노래한다*

　　　억센 손아귀에 나를 움켜쥐더니,

　　　이 내 몸을 땅속으로 데려갔네.

　　　옛 시절은 없었던 것처럼."　　　　*해골을 던져 올린다*

80 **햄릿** 저 해골에도 한땐 혀가 있어 노래를 불렀겠구나!

그런데 저놈은 최초로 살인을 저지른 카인의 턱뼈나 되듯이

해골을 땅바닥에 내동댕이치는군.

어쩌면 어느 모사꾼의 머리통인지도 모르지.

지금은 저 바보 녀석에게 괄시를 받고 있지만

85   하나님까지 속여먹는 작자였을지 모른다고. 안 그런가?

호레이쇼 그럴지도 모르죠, 왕자님.

햄릿 아니면 벼슬아치의 것일지도 모르고.

'밤새 안녕하셨습니까, 나리!

요새 어떻게 지내십니까, 나리?' 하고 알랑거렸겠지.

90   아니면 한번 얻어 타 보려고 아무개 대신의 말을 칭찬하던

아무개 대신의 해골일지도 모르지, 그렇잖은가?

호레이쇼 그렇습니다, 왕자님.

햄릿 그래, 틀림없어. 이제는 구더기 마님의 밥이 돼서,

턱뼈도 없이 산역꾼의 삽으로 머리통을 얻어맞고 있구나.

95   이거야말로 운명의 역전이지.

그걸 알아볼 재주만 있다면 말이야.

저 뼈다귀들을 기른 값이

던지기 노리갯감밖에 되지 않는단 말인가?

생각하니 내 뼛골이 지끈지끈 쑤시는구나.

100   **광대1** "곡괭이에 삽 한 자루, 삽 한 자루,   노래한다

그리고 수의용 천 한 장.

아, 흙구덩이 파야 하네.

이런 손님 모시기에 꼭 알맞게."

다른 해골을 던져 올린다

햄릿 또 나왔군. 저게 변호사의 해골이 아니란 법이 있을까?

105   그 능숙한 궤변이나 요설, 소송, 소유권, 술수는
      이제 어디 있지? 저 무식한 녀석에게 더러운 삽으로 지금
      골통을 얻어맞고도 왜 폭행죄로 고소하겠다는 말도 못할까?
      흠! 이 자는 살아서 엄청나게 땅을 사들였는지도 모른다.
      담보증명, 차용증서, 소유권 이전, 이중보증, 양도확인 따위의
110   갖은 수를 다 써서 말이지.
      그런데 그 소유권 이전과 양도확인의 결과가
      이 고상한 머리통을 고운 흙으로 가득 채우는 일이란 말인가?
      이 자의 보증인들과 이중보증인들 역시도
      계약서 두 통의 길이와 너비 정도의 땅덩어리 말고는
115   이 자의 구매계약을 보증하지 않는단 말인가?
      이 관 속에는 자기 땅의 소유권 이전 문서조차도
      들어가기 어려우니, 소유주 자신도 관 말고는
      더는 아무것도 가질 수가 없구나, 안 그런가?

호레이쇼 그것뿐이겠죠, 왕자님.

120   **햄릿** 증서는 양가죽으로 만들지 않는가?

호레이쇼 예, 송아지 가죽으로도 만듭니다.

햄릿 그 따위 증서를 믿는 자들은
      양이나 송아지와 다를 게 없지.
      이자하고 얘기 좀 해볼까 — 이봐, 이건 누구의 무덤이지?

125   **광대1** 제 무덤입죠, 나리.

      "아, 흙구덩이 파야 하네.   **노래한다**
      이런 손님 모시기에 꼭 알맞게."

햄릿 그야 네 것이겠지. 그 안에 있으니까.

광대1 나리는 바깥에 계시니 나리 것은 아닙죠.

130   저는 누워 있지는 않지만 이건 제 것입죠.

햄릿 무덤 안에서 그게 네 것이라고 말하는 건 거짓말이다.

무덤은 산 자가 아니라 죽은 자를 위한 것.

그러니 네 말은 거짓이다.

광대1 이게 살아 있는 거짓말입죠.

135   자, 다시 나리 차례입니다요.

햄릿 어떤 남자의 무덤을 파고 있느냐?

광대1 남자 것이 아닙죠, 나리.

햄릿 그럼 여자냐?

광대1 그것도 아닙죠.

140   **햄릿** 그렇다면 누굴 묻을 것이냐?

광대1 전에는 여자였지요, 나리.

하지만, 그녀 영혼에 축복을, 이제는 죽었습죠.

햄릿 정말 깐깐한 녀석이군!

똑바로 얘기해야지, 어정쩡하게 말했다간 말꼬리 잡히겠군.

145   정말이지 호레이쇼, 지난 3년 동안 내가 눈여겨봤는데,

세상이 어찌나 까칠하게 되었는지

농부의 발가락이 조신의 발뒤꿈치에 바싹 붙어

발꿈치의 살갗이 까질 지경이지.

─무덤 파는 일을 한 지는 얼마나 됐느냐?

150   **광대1** 일 년 가운데 날도 많지만, 제가 이 일을 시작한 건

돌아가신 햄릿 전하께서 포틴브라스를 쳐부순 날부터입죠.

햄릿 그게 얼마나 오래 전이지?

광대1 그것도 몰라요? 바보라도 다 아는걸.

햄릿 왕자님이 태어나신 바로 그날이었죠.

155   실성하여 영국으로 쫓겨 간 그분 말씀입니다요.

햄릿 아, 그래, 왜 영국으로 쫓겨 갔지?

광대1 그야 실성했으니까요. 거기서 정신이 돌아오겠죠.

그렇지 않더라도 거기서는 상관없을 테지만.

햄릿 왜지?

160   **광대1** 거기서는 그게 눈에 띄지 않을 테니 말입죠.

그곳 사람들 모두 왕자님처럼 미쳤다니까요.

햄릿 왕자는 왜 실성했나?

광대1 사람들 말이 참 괴이합니다요.

햄릿 괴이하다니?

165   **광대1** 그야 정신 줄을 놓았으니 말입니다.

햄릿 원인이 어디에 있는가?

광대1 물론, 여기 덴마크에 있습죠. 이놈은 어릴 때부터

30년 동안 여기서 산역꾼 노릇을 해왔습죠.

햄릿 사람이 땅 속에 얼마나 누워 있으면 썩는가?

170   **광대1** 글쎄요, 죽기 전부터 썩지 않는다면 —

요새는 매독으로 죽은 시체가 많아서

묻을 때까지도 못 기다리는 형편이지만 —

대개는 8, 9년은 견디지요.

무두장이는 9년은 갑니다요.

175 **햄릿** 그 사람은 왜 다른 사람보다 오래 가지?

광대1 그야 직업 덕분에 살가죽이 잘 무두질 돼 있어서

오랫동안 물을 막아 주니까요. 물이란 게 빌어먹을

시체를 썩히는 지독한 놈이죠. 여기 해골이 나오네요.

이 해골은 땅속에 묻힌 지 스물하고도 세 해나 된 겁니다.

180 **햄릿** 누구 것이냐?

광대1 빌어먹을 미친놈의 것입죠.

해골 주인이 누굴 것 같나요?

햄릿 글쎄, 모르겠는데.

광대1 이 미친 놈, 염병에나 걸려라!

185 이놈이 한번은 내 머리에다 라인 와인 한 병을 부었습죠.

바로 이 해골은 나리, 왕의 어릿광대 요릭의 것입니다요.

햄릿 이게?

광대1 예, 그렇습니다요.

햄릿 어디 보자. — 아아, 불쌍한 요릭!　　*해골을 받아 든다*

190 난 이 사람을 알고 있네, 호레이쇼.

뛰어난 재담꾼인데다가 상상력이 탁월한 친구였지.

수도 없이 나를 업어 주었는데 —

지금은 생각만 해도 끔찍하군! 보기만 해도 구역질이 나.

여기 입술이 달려 있었겠지.

195 거기에 얼마나 자주 입을 맞췄는지 몰라.

좌중을 온통 웃음바다로 만들던 너의 익살,

껑충거리던 춤, 노래, 번쩍이던 재담은 이제 어디 있는가?

너의 그 조롱을 비웃어줄 자가 이제는 아무도 없단 말인가?

턱은 달아나 버렸나? 지금 우리 마나님 방으로 가서

200 이렇게 말해 줘라.

한 치 두께로 분칠을 해봐야 결국 이 꼴이 될 거라고.

네 꼴을 보고 웃게 하란 말이다.

부탁인데, 호레이쇼, 한 가지 말해주게.

호레이쇼 무엇입니까, 왕자님?

205 **햄릿** 알렉산더 대왕도 흙속에서는 이런 꼴을 하고 있을까?

호레이쇼 물론이지요.

햄릿 냄새도 이렇고? 퉤!   *해골을 땅바닥에 놓거나 내동댕이친다*

호레이쇼 물론입니다, 왕자님.

햄릿 우린 정말 쓸모없는 것으로 돌아가는구나, 호레이쇼!

210 알렉산더 대왕의 고귀한 유해가 술통 구멍이나 틀어막는

마개가 되리라는 상상도 해볼 수 있지 않겠나?

호레이쇼 그렇게까지 생각하시는 건 지나친 상상입니다.

햄릿 아니야, 전혀 그렇지 않아. 아주 온건하게 추리해

보아도 그런 결론에 이를 가능성이 있어. 이렇게 말이야.

215 알렉산더가 죽는다, 알렉산더가 묻힌다, 알렉산더가 먼지로

돌아간다. 먼지는 흙이고, 그 흙으로 우리는 찰흙을 만들어.

그러면 그가 변해서 된 찰흙으로 마개를 만들어

술통 구멍을 막지 말란 법도 없지 않은가?

황제 카이사르 역시 죽어서 진흙이 되어,

바람이 들지 못하도록

벽의 구멍을 막는 처지가 되었을지도 모르지.

아, 한때 온 세상을 두려움에 떨게 했던 자가

흙이 되어 한겨울 찬바람 막는 벽 땜질에 쓰이다니!

쉿, 잠깐, 가만있게. 저기 왕이 온다.

왕, 왕비, 레어티즈, [사제] 그리고 관과 함께 신하들 등장

225 왕비와 신하들도 오는군 — 대체 누구 뒤를 따르는 거지?

게다가 이렇게 약식으로? 이건 저들이 따라가는 유해가

절망의 손길로 스스로 목숨을 끊었음을 의미해.

지체 높은 자인가 보군.

숨어서 잠시 살펴보세.   *두 사람 숨는다*

230 **레어티즈** 의식은 다 끝난 겁니까?

햄릿 저건 레어티즈로군.   *호레이쇼에게 방백*

아주 훌륭한 청년이지. 보게.

레어티즈 다른 의식은 없습니까?

사제 누이의 장례는 교회가 허락하는 한도에서 최선을

235 다한 것입니다. 사인이 미심쩍어서 국왕의 명령으로

관례를 깨지 않았다면 시신은 부정한 땅에 묻혀

최후의 심판 나팔소리가 날 때까지 그대로 방치되었을

겁니다. 자비로운 기도 대신 사금파리 조각,

부싯돌, 조약돌이 시신에 날아들었을 거고요.

240 그런데 그녀는 처녀 장례의 의식을 따라

꽃을 뿌리고 조종까지 울리며

안식처에 묻힐 수 있게 허용되었지요.

레어티즈 그 이상은 할 수 없단 말입니까?

사제 이 이상은 안 됩니다.

245 평화롭게 세상을 떠난 사람의 경우처럼

진혼가를 부르며 명복을 빌어준다면

오히려 장례식을 모독하는 것이 됩니다.

레어티즈 관을 무덤에 내려라.

아름답고 순결한 몸에서 제비꽃이여

250 피어나라! 내 말을 들어라, 야박한 사제야.

당신이 지옥에서 울부짖을 때

내 누이는 천국에서 천사가 되어 있을 것이다.

햄릿 뭐라고? 아름다운 오필리아가! *호레이쇼에게 방백*

거트루드 아름다운 처녀에게 *꽃을 뿌린다*

255 아름다운 꽃을. 잘 가거라!

햄릿의 아내가 되기를 바랐건만.

네 신방을 꾸며 주려 했었는데, 아름다운 오필리아,

네 무덤에 뿌리게 될 줄이야.

레어티즈 아, 세 겹의 재앙이

260 서른 곱으로 그 저주받은 놈의 머리 위에 떨어져라.

그놈의 흉악한 행위가 네 총명한 정신을 빼앗아

가버렸구나! ─ 잠시 흙을 멈추어라.

한 번 더 누이를 내 품에 안아 보자.

무덤 속에 뛰어 든다

자, 산사람과 죽은 사람 위에 흙을 쌓아 올려라.
265 이 평지가 저 옛 펠리온 산이나
하늘을 찌르는 푸른 올림포스 산보다 더
높아질 때까지.
햄릿 도대체 누구냐,   *앞으로 나오며*
그렇게 요란스럽게 슬퍼하는 자가?
270 그 애통한 소리에 하늘을 떠도는 별들도 매혹되어
넋을 잃은 청중처럼 발길을 멈출 거다.   *외투를 벗는다?*
나다, 덴마크의 왕자 햄릿이다.   *무덤으로 뛰어 든다*
레어티즈 악마에게 영혼을 잡아먹힐 놈아!   *두 사람 싸운다*
햄릿 악담을 하는구나!
275 부탁하는데, 내 목에서 손을 치워라.
내 비록 성미가 급하거나 무모하지는 않지만,
내 안에는 위험한 게 도사리고 있으니
조심하는 게 현명할 것이다. 손을 치워라!
왕 두 사람을 떼어놓아라.
280 **거트루드** 햄릿, 햄릿!
호레이쇼 왕자님, 진정하십시오.   *신하들이 둘을 떼어놓는다*
                              두 사람은 무덤 밖으로 나온다

햄릿 아니다, 내 이 일이라면

눈꺼풀이 꿈쩍도 안 할 때까지 저자와 싸우겠다.

거트루드 아들아, 무슨 일 말이냐?

285 **햄릿** 난 오필리아를 사랑했다. 사만 명의 오라비라도—

그들의 사랑을 다 합친다 한들 내 사랑에는 미치지 못한다.

네가 오필리아를 위해 뭘 한다는 거냐?

왕 아, 그는 미쳤구나, 레어티즈.

거트루드 제발 그 애를 내버려 둬라.

290 **햄릿** 자, 뭘 해줄 건지 내게 보여라.

울 거냐? 싸울 거냐? 굶을 거냐? 옷을 찢을 거냐?

식초를 마실 거냐? 악어를 잡아먹을 거냐?

나는 그렇게 할 것이다. 눈물이나 짜려고 여기 왔느냐?

무덤 속에 뛰어들어 날 꺾으려고 온 거냐?

295 오필리아와 함께 생매장 당하겠다면, 나도 그러마.

또 네가 산이 어쩌고 떠벌리는데,

우리 위에도 얼마든지 흙을 쌓아 올리게 해라.

그 흙더미가 태양에 닿아 꼭대기가 타오를 때까지.

오사 산44)의 산정이 사마귀로 보일 때까지! 네가 고함을

300 지르겠다면 나도 너 못지않게 고함을 질러 주마.

왕 이건 순전히 실성한 탓이다.

발작이 일어나면 한동안 저러다가도

---

44) Ossa 그리스 신화에 나오는 산. 거인들이 올림포스에 닿기 위해 그 위에 펠리온 산을 쌓아올렸다고 한다.

암비둘기가 한 쌍의 황금빛 새끼를 깠을 때처럼

이내 진정해서 입을 다물고 얌전해질 거다.

305 **햄릿** 이봐, 너.　　　　　　　　　　　　*레어티즈에게*

뭣 때문에 내게 이런 태도를 취하는 거냐?

난 널 항상 아꼈었다. 그러나 이젠 상관없다.

헤라클레스가 무슨 짓을 하건 간에,

때가 되면 고양이도 울고, 개도 짖게 될 테니까.　　　*퇴장*

310 **왕** 부탁한다, 호레이쇼. 왕자를 보살펴 주어라. —

　　　　　　　　　　　　　　　　　[호레이쇼 퇴장]

어젯밤 과인이 얘기한 대로 꾹 참아야 한다.　　*레어티즈에게*

과인이 일을 바로 단행할 것이니. —

거트루드, 아들을 단단히 감시하시오. —

이 무덤에는 영원히 남을 기념비를 세울 것이다.

315 머지않아 평화로운 날이 오겠지.

그때까지 참고 일을 진행해야 한다.　　　　　　*모두 퇴장*

5막 2장

장면 17

햄릿과 호레이쇼 등장

햄릿 그건 이쯤 해두고 다른 얘기를 들어 보게.

자네도 모든 걸 세세히 기억하겠지?

호레이쇼 기억하다뿐이겠습니까, 왕자님.

햄릿 여보게, 내 마음 속에 싸움 같은 게 일어서

5 잠을 이루지 못하고 있었네. 족쇄를 찬

폭도들보다 더 비참한 심정이었어. 경솔한 짓이지 —

하긴, 이런 경우엔 무모함도 칭찬받을 만해 —

신중한 계획이 수포로 돌아갔을 때는

무모한 행동이 때로는 도움이 된다는 걸 명심해야 하네.

10 그러니 대충 깎아 놓는 건 인간이지만 결국 다듬어서

완성시키는 건 신의 뜻이란 걸 알아야지.

호레이쇼 과연 그렇습니다.

햄릿 선실을 빠져나와

선원 옷을 걸치고 어둠 속을 더듬어

15 그들을 찾다가 마침내 발견해내고,

그들의 꾸러미를 슬쩍해서 무사히

내 방으로 돌아와, 아주 과감하게 —

불안한 마음에 체면도 잊고 —

친서를 뜯어보았네. 거기에 적힌 건, 호레이쇼 —

20 아, 왕의 흉계였어! — 덴마크와 영국 왕의

평안과 관련된 별의별 이유를 잔뜩 늘어놓고는

나 같은 도깨비나 악귀를 살려두었다가는

위험천만한 일이라면서

친서를 읽는 즉시, 조금도 지체 말고,

25   도끼날을 갈 것도 없이

내 목을 치라는 엄명이었다네.

호레이쇼 그럴 수가?

햄릿 이게 그 친서네. 나중에 시간 날 때 읽어 보게.

그런데, 그 뒤에 내가 어떻게 했는지 들려줄까?

30   **호레이쇼** 어서 말씀하시지요.

햄릿 그렇게 악당들의 흉계에 걸려든 걸 알고 —

머릿속으로 서막을 구상하기도 전에

연극의 막이 올라가 버린 셈이지. 나는 자리에 앉아서

정교한 글씨로 친서를 새로 만들었어.

35   나도 한때는 이 나라 정치가들처럼

매끈한 글씨체를 속되게 여기고 애써 배운 솜씨를

잊어버리려고 꽤나 애쓴 적도 있었지만,

이번만은 그 덕을 톡톡히 보았다네.

내가 뭐라고 썼는지 들어 보겠나?

40   **호레이쇼** 예, 왕자님.

햄릿 국왕의 간곡한 청탁인 것처럼 썼지.

영국은 덴마크의 충실한 속국이며,

두 나라의 우의가 종려나무처럼 번성하길 원한다느니,

평화의 여신은 언제나 밀 이삭 화관45)을 쓰고

45   양국 친선의 가교가 되어야 한다느니,

---

45) wheaten garland 평화를 상징한다.

그럴싸한 말들을 잔뜩 늘어놓은 다음

이 친서를 읽고 내용을 알아보는 즉시

가타부타 따질 것 없이

친서를 가져온 이들을 참회할 기회조차 주지 말고

50   지체 없이 사형에 처하라고 썼다네.

호레이쇼 봉인은 어떻게 하셨습니까?

햄릿 아, 그것도 하늘이 보살펴 주셨지.

마침 주머니에 선왕의 옥새가 들어 있었네.

덴마크 왕의 옥새는 이걸 본떠서 만든 걸세.

55   나는 편지를 친서와 똑같이 접어 서명하고

옥새를 눌러 봉인한 다음 바꿔치기한 걸

아무도 모르게 감쪽같이 가져다 놓았지.

그리고 다음 날 해적과 싸움이 있었고

그 뒤의 사정은 자네가 이미 알고 있는 것과 같네.

60   **호레이쇼** 그럼 길든스턴과 로젠크란츠는 영국으로 갔군요.

햄릿 이보게. 그야, 두 사람이 자청한 일이니까.

난 양심의 가책을 조금도 느끼지 않네.

환심을 사려고 끼어들다가 파멸을 자초한 꼴이지.

막강한 적수들이 격렬하게 칼을 휘두르는 틈 사이를

65   비천한 자가 끼어들다가는

위험한 일을 당하는 법이야.

호레이쇼 아니, 이런 왕이 있을 수가!

햄릿 이제는 내가 나서야 한다고 생각하지 않는가? ―

내 아버지를 죽이고 내 어머니를 더럽히고,
70 왕위에 오르려는 내 희망을 가로막고,
내 목숨마저 낚으려고 그런 속임수로
낚싯줄을 던져 놓은 놈 ― 그런 놈을 이 손으로
처단하는 게 떳떳한 양심이 해야 할 일 아닌가?
그런 임직 쫀새가
75 세상에 계속해서 악을 퍼뜨리도록 놓아두는 것이
오히려 저주받을 일이 아닌가?
호레이쇼 영국 쪽에서 일의 결말이 어떻게 되었는지
곧 국왕에게 보고해 올 것입니다.
햄릿 그렇겠지. 하지만 그동안 시간은 내 편이네.
80 인간의 생명이란 '하나'를 셀 틈도 없어.
그건 그렇고, 호레이쇼, 레어티즈에게는
정말 미안하군. 내가 이성을 잃은 탓이지.
내 처지를 생각해 보면 그의 심정이 어떨지 알 수 있네.
그에게 용서를 구해야겠어.
85 하지만 분명, 너무 유난스럽게 애통해하는 바람에
내 성미를 돋운 것도 사실이네.
호레이쇼 쉿, 누가 옵니다.

젊은 오즈릭 등장   모자를 벗는다

오즈릭 왕자님께서 덴마크로 돌아오신 것을

충심으로 환영합니다.

90 **햄릿** 고맙네.— 자네 이 날파리 같은 놈을 아는가?

호레이쇼 모릅니다, 왕자님.

햄릿 모른다니 다행이네. 저런 놈은 아는 것만도 화근이야.

저놈은 땅을 많이 갖고 있어. 게다가 비옥한 땅이지.

짐승 같은 놈도 짐승들만 많으면

95 왕의 식탁에 자기 여물통을 들이밀 수 있는 세상이거든.

저 녀석의 재주라고는 수다밖에는 없지만

땅덩어리만큼은 엄청나게 많다네.

오즈릭 왕자님, 과히 바쁘시지 않다면

전하께서 내리신 분부를 아뢸까 합니다.

100 **햄릿** 정성을 다해서 귀를 기울이겠네.

모자는 제자리에 올려놓게나. 그건 머리에 쓰는 거니까.

오즈릭 감사합니다. 날이 하도 더워서요.

햄릿 아니, 사실 대단히 추운걸. 북풍이 불고 있으니.

오즈릭 네, 아닌 게 아니라 제법 춥습니다, 왕자님.

105 **햄릿** 그런데 역시 체질 탓인지 푹푹 찌는군.

오즈릭 너무 덥습니다, 왕자님.

뭐랄까, 말할 수 없이 무덥습니다.

그런데 왕자님, 전하께서 왕자님을 위해

굉장한 내기를 거셨다고 전하라 하셨습니다.

110 내기의 내용인즉—

햄릿 내 말을 잊지 말아주게—   *모자를 향해 손짓한다*

오즈릭 아닙니다, 정말 이게 편합니다. 정말입니다.

왕자님, 최근에 레어티즈 경이 궁정에 왔는데 ─

정말이지 완벽한 신사로서, 재주가 굉장히 빼어나고,

115 아주 부드러운 예법과 멋진 외모를 갖추었습니다.

사실, 제대로 말하면, 그분은 신사도의 모범 혹은 전형입니다.

왜냐하면 왕자님은 그분이 신사로서의 자질을

한 몸에 지니고 있다는 걸 보시게 될 테니까요.

햄릿 여보게, 그에 대한 설명에서 자네가 빠트린 건 없네.

120 하지만 그렇게 세세히 열거하려니

기억하기도 어렵겠지만 그의 빠른 배를 쫓다가는

옆길로 빠지지 않을 수가 없겠군.

그러나 진정으로 칭송하자면

나는 그가 존귀함과 희귀함이 대단한 인물로 보네.

125 진실하게 표현해 그에게 견줄 수 있는 인물은

거울에서나 찾아볼 수 있을 뿐 그의 뒤를 밟을 자는

자신의 그림자밖에는 아무도 없다네.

오즈릭 그분에 대해 전혀 오류가 없는 옳은 말씀입니다.

햄릿 이게 다 무슨 상관인가?

130 우리가 왜 이 신사를 조잡한 말로 입에 올려야 하지?

오즈릭 예?

호레이쇼 지나칠 정도로 꼼꼼하게 설명을 하니까

알아듣기 어렵다는 얘기예요. 제대로 말해 보세요.

햄릿 그 신사의 이름을 꺼내는 저의가 무엇이오?

135 **오즈릭** 레어티즈 말씀입니까?

호레이쇼 이 양반의 말주머니가 벌써 텅 빈 것 같습니다.
번지르르한 말을 모두 써 버렸어요.

햄릿 그래, 레어티즈 말이네.

오즈릭 이 일을 모르실 리 없다고 생각하지만—

140 **햄릿** 그렇게 생각해주게.
하긴, 그렇다고 해서 크게 내 맘에 들진 않겠지만. 그래서?

오즈릭 레어티즈 경이 얼마나 칼을 잘 쓰는지
왕자님도 아시지요.

햄릿 그건 감히 털어놓을 수가 없지.

145 그렇게 되면 누가 더 뛰어난지 비교하게 되니까.
어떤 사람을 진정으로 알려면 자신부터 알아야지.

오즈릭 제 말은, 그분의 검술을 얘기한 것입니다.
그에게 검술을 가르친 선생 말로는
그의 기량을 따를 자가 없다고 합니다.

150 **햄릿** 그는 어떤 무기를 쓰는가?

오즈릭 세장검과 단도입니다.

햄릿 두 가지 칼을 쓰는군. 흠, 좋아.

오즈릭 전하께서는 레어티즈 경에게
바바리 말 여섯 필을 내놓으셨고,

155 그분은 프랑스제 세장검과 단도 여섯 자루와
그에 딸린 검대, 칼걸이 같은 부속품 일체를 걸었습니다.
그 가운데에서도 세 개의 검환대는 정말 고상하고

칼자루와 썩 잘 어울리며 아주 정교하게

공을 들여 만든 것입니다.

160   **햄릿** 대체 검환대란 뭔가?

호레이쇼 각주를 공부하셔야 되겠습니다.

오즈릭 검환대는 칼걸이입니다, 왕자님.

햄릿 대포를 허리에 차고 다닌다면 더 어울릴 말이구나.

그때까지는 그냥 칼걸이라고 하면 좋겠다.

165   어쨌든 계속해 보게.

바바리말 여섯 필에 대해 프랑스제 검 여섯 자루와

그 부속품, 게다가 정교하게 공을 들인 칼걸이가 세 개라.

그러니까 덴마크 대 프랑스의 내기란 말이구나.

그런데 자네가 말하는 이런 '내기'를 왜 걸게 되었나?

170   **오즈릭** 전하께서는 두 분이 12회전 시합을 할 경우,

레어티즈 경이 왕자님을 3점 이상 이기지는 못하는 데 거시고,

레어티즈 경은 12대 9로 이기는 것에 걸었습니다.

왕자님께서 응답을 하시면 시합이 바로 열릴 것입니다.

햄릿 내가 '싫다'고 하면 어떻게 되나?

175   **오즈릭** 저는 왕자님께서 시합에 응하시는 경우를

말씀드린 것입니다.

햄릿 이보게, 난 여기 복도를 거닐고 있겠네. 전하께서

괜찮으시다면, 마침 운동시간이니 검을 가져오도록 하게.

레어티즈도 원하고 전하께서도 뜻이 그러시니,

180   전하를 위해서라도 되도록 이겨야겠군.

지면 창피를 당하고 따끔한 맛을 보게 될 테니까.

오즈릭 왕자님 말씀을 그대로 전할까요?

햄릿 뜻을 전하되,

미사여구를 붙이는 건 자네 맘대로 하게.

185 **오즈릭** 충신으로서 본분을 다하겠습니다.

햄릿 좋아, 좋아.　　　　　　　　*[오즈릭 퇴장]*

자화자찬이 능한 녀석이군.

하긴 아무도 칭찬해 줄 사람이 없으니.

호레이쇼 저 꼴이 꼭 알껍데기를 쓴 채 도망가는

190 댕기물떼새 같습니다.

햄릿 제 어미젖을 빨 때도 먼저 젖꼭지에 절을 했을 놈이지.

그렇게 놈은 ― 타락한 이 시대가 편애하는

똑같은 부류의 숱한 녀석들과 마찬가지로 ―

시류를 타고 겉치레뿐인 사교술이나 배워

195 거품처럼 번지르르한 말과 태도로

어리석은 의견이나 사려 깊은 의견을 잘도 피해 다니지.

하지만 한번 훅 불어 보게, 거품은 바로 꺼져버릴 테니까.

귀족 등장

귀족 왕자님, 전하께서 젊은 오즈릭 공을 통해

전갈을 보내셨는데, 그가 되돌아와

200 왕자님이 복도에서 기다리신다 했습니다.

전하께서는 왕자님께서 레어티즈 경과 시합을 하실지

아니면 시간이 더 필요하신지 알아보고 오라고 하셨습니다.

햄릿 내 생각은 변함이 없으니 전하의 뜻을 따르겠소.

전하께서 좋으시다면 난 준비가 되었소.

205 몸이 지금처럼 움직여 준다면 지금 또는 언제라도 괜찮소.

귀족 전하와 왕비마마, 그리고 모든 분들이 오고 계십니다.

햄릿 마침 잘됐군요.

귀족 왕비마마께서는 시합에 들어가기 전에

왕자님께서 레어티즈 경에게 예의를 표하기를 바라십니다.

210 **햄릿** 옳은 말씀이오.   *[귀족 퇴장]*

호레이쇼 이번 내기는 지실 겁니다, 왕자님.

햄릿 내 생각은 다르네. 레어티즈가 프랑스로 떠난 후로,

난 계속 연습했거든. 게다가 조건도 유리하니 이길 걸세.

그런데 내 마음이 얼마나 불편한지 자네는 모를 거야.

215 하지만 상관없네.

호레이쇼 아니, 왕자님 —

햄릿 어리석은 생각일 뿐이네.

아마 여자들이나 마음 쓸 그런 불안일 걸세.

호레이쇼 내키지 않으시면 그만 두시죠.

220 그분들을 오시지 말라 하고,

왕자님께서 준비가 안 됐다고 전하겠습니다.

햄릿 조금도 그럴 필요 없어. 난 예감을 믿지 않네.

참새 한 마리가 떨어지는 데에도 하늘의 특별한 섭리가 있네.

지금 오면 장차 오지 않을 것이고,

225 장차 오지 않으면 지금 오겠지.

지금 오지 않더라도 언젠가는 오는 법.

중요한 건 마음의 준비야.

죽은 뒤의 일은 아무도 모르니 일찍 죽은들 뭐 대수인가?

왕, 왕비, 레어티즈, 신하들, [오즈릭],

연습용 칼과 장갑을 든 그 밖의 시종들 등장,

식탁과 그 위에 포도주 한 병이 놓여 있다

왕 자 햄릿,　　　　　　　*레어티즈의 손을 햄릿의 손에 얹는다*

230 이리 와서 이 손을 잡아라.

햄릿 여보게, 용서하게. 내가 잘못했네.

그렇지만 신사답게 용서해 주게.

여기 계신 분들도 아시고, 자네도 들었겠지만,

난 심한 정신착란으로 고통을 받고 있네.

235 내가 한 짓이 자네 효심을 해치고

명예를 더럽히고 증오를 불러일으켰다면,

그건 다 광증 때문이었네.

레어티즈를 모욕한 게 햄릿이었던가?

절대 햄릿이 아닐세. 햄릿이 제정신이 아니고,

240 제정신이 아닌 햄릿이 레어티즈를 모욕했다면

그건 햄릿의 짓이 아니네. 햄릿이 그걸 부정하네.

그럼 누구의 짓인가? 그의 광증이지.

그렇다면 햄릿 역시 그 피해자 중 하나일세.

광증은 가엾은 햄릿의 적이라네.

245 여보게, 이 자리의 여러분 앞에서

고의적인 악행이 아니었음을 밝히니

자네가 너그러운 마음으로 날 용서해 주게.

지붕 너머로 쏜 화살이 제 형제를

다치게 한 것이라고 생각해 주게.

250 **레어티즈** 이런 경우는 격렬한 제 복수심에

불을 지필 충분한 동기가 되지만

말씀을 들으니 마음이 누그러집니다.

하지만 명예 문제는 별개의 것입니다.

명예롭기로 이름난 어르신들이

255 제 명성에 흠집이 남지 않음을 보증하시고

화해의 선례를 보여주시기 전에는

타협할 뜻이 전혀 없습니다. 그러나 그때까지는

왕자님의 애정을 우정으로 받아들이고

모욕하지는 않겠습니다.

260 **햄릿** 자네 말을 기꺼이 받아들이겠네.

그럼 허심탄회하게 형제지간의 시합을 해보세. —

검을 다오. 어서.

레어티즈 자, 내게도 다오.

햄릿 내 자네를 빛내 주지, 레어티즈.

265 미숙한 나에 비하면 자네 솜씨는

어두운 밤의 샛별처럼 도드라져 빛을 발할 걸세.

레어티즈 절 놀리시는군요, 왕자님.

햄릿 아니라네, 이 손에 맹세코.

왕 두 사람에게 검을 줘라, 오즈릭.

270 햄릿, 내기에 대해선 알고 있지?

햄릿 잘 알고 있습니다, 전하.

약한 쪽에 유리한 조건을 주셨다지요.

왕 난 염려하지 않는다. 두 사람의 솜씨를 모두 보았다.

하지만 레어티즈가 낫다고 하니, 유리한 조건을 준 것이다.

275 **레어티즈** 이건 너무 무겁군, 다른 검을 보자. *검들을 살펴본다*

햄릿 이게 괜찮군. 검의 길이는 모두 같겠지?

시합을 준비한다

오즈릭 물론입니다, 왕자님.

포도주 잔을 든 병과 잔을 든 하인들 등장

왕 포도주 잔을 탁자 위에다 준비해 놓아라.

햄릿이 1회전이나 2회전에 득점을 하거나,

280 지다가 3회전에서 만회하여 비기거나 하면

성벽에서 일제히 축포를 터트리도록 해라.

과인은 햄릿의 건투를 빌어 축배를 들고

술잔에 진주를 던져 넣을 것이다.

덴마크 왕가에서 4대에 걸쳐 왕의 면류관에

285   달았던 것보다 더 값비싼 진주다. 술잔을 다오.

고수는 북을 쳐서 나팔수에게 알리고

나팔수는 성 밖 포수에게 알려라.

포성을 하늘에 올려 하늘이 땅에 알리게 하라.

'왕이 햄릿을 위해 축배를 든다.'라고. 자, 시작하라.

290   그리고 심판관들은 잘 지켜보도록 하라.

햄릿 자, 덤벼라.

레어티즈 덤비시죠, 왕자님.   *두 사람 겨룬다*

햄릿 1점.

레어티즈 아닙니다.

295   **햄릿** 심판!

오즈릭 1점, 깨끗이 들어갔습니다.

왕 잠깐, 술을 다오. — 햄릿, 이 진주는   *술을 따르고*

네 것이다. 네 건투를 위해 건배하마. — *잔 속에 진주를 넣는다*

이 잔을 왕자에게 주어라.

나팔 소리 울리고 축포 터진다

300   **햄릿** 먼저 시합부터 하겠습니다.

잔은 잠시 거기에 두어라. —

자, 또 1점일세. 어떤가?   *두 사람 겨룬다*

레어티즈 스쳤죠, 스쳤습니다. 인정합니다.

왕 우리 아들이 이기겠소.

305   **거트루드** 땀에 젖고 숨도 헐떡이네요. —

여기 손수건이다, 이마를 닦아라.   *햄릿에게*

네 행운을 위해 건배하겠다, 햄릿.

햄릿 감사합니다, 왕비마마!

왕 거트루드, 마시면 안 되오!

310   **거트루드** 마시겠어요, 전하. 용서하세요.   *술을 마신다*

왕 저건 독이 든 잔인데. 이미 늦었다!   *방백*

햄릿 아직 마실 수 없습니다, 왕비 마마. 곧 마시겠습니다.

거트루드 자, 어미가 네 얼굴을 닦아 주마.

레어티즈 전하, 지금 찌르겠습니다.   *왕에게*

315   **왕** 그리 될 것 같지 않다.

레어티즈 아무래도 양심에 찔리는구나.   *방백*

햄릿 자, 3회전이다. 레어티즈, 장난하느냐.

있는 힘껏 찌르란 말이다.

나를 애 취급하는 건 아니겠지.

320   **레어티즈** 그렇게 말씀하신다면, 자, 갑니다!   *겨룬다*

오즈릭 무득점, 양쪽 무득점.

레어티즈 자, 받으시오!

접전 중에 서로 세장검을 바꿔 쥔다

왕 떼어놓아라. 둘 다 흥분했다.

햄릿 아니다, 자, 다시 덤벼라.　　　　　　　　　　　왕비 쓰러진다

325　**오즈릭** 저기 왕비마마를 보십시오, 저기요!　　　　햄릿에게

　　　호레이쇼 양쪽 다 피를 흘리다니 ─ 괜찮으십니까, 왕자님?

　　　오즈릭 괜찮으세요, 레어티즈 경?

　　　레어티즈 아니, 제 덫에 걸린 도요새 꼴이 됐다, 오즈릭!

　　　내 술수에 내가 넘어가 죽으니 할 말도 없구나.

330　**햄릿** 왕비마마께선 어찌된 일입니까?

　　　왕 두 사람이 피를 흘리는 걸 보고 기절했다.

　　　거트루드 아니다, 아니야, 저 술, 저 술에 ─

　　　아, 사랑하는 햄릿 ─

　　　저 술, 저 술에! 독이 들었다!　　　　　　　　　　죽는다

335　**햄릿** 이런 악랄한 짓을! 이봐, 문을 잠가라.

　　　반역이다! 범인을 찾아내라.

　　　레어티즈 범인은 접니다, 햄릿 왕자님.

　　　왕자님, 당신도 곧 죽습니다.

　　　세상의 어떤 약도 소용없습니다.

340　이제 왕자님 목숨이 반시간도 남지 않았습니다.

　　　그 흉악한 도구가 왕자님 손에 들려 있습니다.

　　　검 끝은 날카롭고 독이 칠해져 있습니다. 비열한 음모가

　　　제게로 돌아왔습니다. 보십시오, 저는 여기 쓰러져서

　　　다시는 일어나지 못합니다. 왕비께서도 독약을 마셨습니다.

345　이제 말할 힘이 없습니다. 저 왕, 저 왕의 짓입니다.

햄릿 검 끝에도 독을 칠했다고!

그렇다면 독이여, 네 위력을 보여라.   왕에게 상처를 입힌다

모두 반역이다! 반역이다!

왕 여봐라, 날 지켜라, 난 상처를 입었을 뿐이다.

350   **햄릿** 옜다. 이 근친상간에 살인까지 저지른

저주받을 덴마크 왕아,

이 독약을 마셔라. 네 진주가 여기 들었느냐?   왕 죽는다

내 어머니 뒤를 따라가라.

레어티즈 그자는 죽어 마땅합니다.

355   스스로 만든 독약입니다.

햄릿 왕자님, 우리 서로 용서하지요.

저와 제 부친의 죽음은 왕자님 탓이 아니고,

왕자님의 죽음 또한 제 탓이 아닙니다.   레어티즈 죽는다

햄릿 하늘이 자네의 죄를 용서해 줄 것이다!

360   나도 자네를 따르겠네. —

호레이쇼, 나는 죽는다. — 가엾은 왕비마마, 안녕히!

이 참변에 파랗게 질려 떨고 있는 그대들에게,

이 장면에서 그저 무언배우나 관객이 된 그대들에게,

시간만 있다면 — 이 잔인한 저승사자가 사정없이

365   날 잡아가려고 하는구나 — 아, 말해 줄 수 있을 텐데.

하지만 어쩔 수 없지. — 호레이쇼, 나는 죽는다.

자네는 살아남아, 이 일을 잘 알지 못하는 사람들에게

내 행동과 그 이유를 올바르게 전해주게.

호레이쇼 결코 그럴 일은 없습니다.

370 저는 덴마크 사람이기보다는 고대 로마인[46])이고 싶습니다.

여기 독액이 아직 남아 있습니다.

햄릿 자네가 대장부라면 그 잔을 이리 주게.

자, 놓게나. 제발 내게 주게.

여보게, 호레이쇼,

375 내가 일을 제대로 밝히지 않고 놔둔 채 죽고 나면

크나큰 오명을 남길 것 아닌가!

자네가 나를 진정으로 소중히 여긴 적이 있다면

잠시 천상의 행복을 멀리 하고

이 험한 세상에 남아 고통을 참고 살아가면서

380 내 얘기를 전해 주게.

멀리서 진군하는 소리와 안에서 대포 소리 들린다

무슨 소리지, 전투라도 벌어지는 건가?

오즈릭 등장

오즈릭 포틴브라스 왕자가 폴란드를 정복하고 돌아오는 길에

영국 사절을 만나 예포를 발사하고 있습니다.

햄릿 아, 난 죽는다, 호레이쇼.

---

46) 고대 로마인들은 자살을 쓸모없는 삶을 정리하는 고귀한 대안이라 여겼다.

385 강한 독 기운이 내 정신을 마비시키는구나.

영국에서 소식이 올 때까지 살 수가 없겠어. 하지만

포틴브라스가 덴마크 왕위를 계승하리라는 것은 예언하겠네.

내 유언으로 그를 지지하니 그에게 그리 전해주게.

일이 이렇게 된 크고 작은 여러 사건들도 함께.

390 나머지는 침묵뿐이네. 아, 아, 아, 아!　　　　　　죽는다

호레이쇼 고귀한 영혼이 부서지고 말았구나.

고이 잠드소서, 사랑하는 왕자님.

천사들의 노랫소리 들으며 안식처에 드소서! —

그런데 어째서 북소리가 가까워 오지?

포틴브라스와 영국 사절들,

고수, 기수, 수행원들과 함께 등장

395 **포틴브라스** 그 현장이 어디인가?

호레이쇼 무엇을 보려 하십니까? 비참하고 경악스러운

광경이라면 여기 말고 굳이 찾으실 필요 없습니다.

포틴브라스 이 시체 더미는 무참한 살육을 말해주고 있구나.

아, 교만한 죽음아, 네 영원한 굴속에서

400 무슨 잔치를 벌이려고 수많은 왕족들을

이토록 무참히 일격에 쓰러뜨렸단 말이냐?

사절 처참한 광경입니다.

영국에서 가져온 소식이 너무 늦었습니다.

우리의 보고를 들을 분의 귀가 감각을 잃었으니

405 그분이 내린 명령을 완수하여

로젠크란츠와 길든스턴이 죽었다는 사실을 전할 수 없군요.

저희들은 어디서 수고를 치하 받을 수 있을까요?

호레이쇼 설령 국왕이 살아계셨더라도

그분의 입에서는 치하를 받지 못했을 겁니다.

410 국왕은 두 사람의 처형을 명령하지 않았습니다.

하지만 피비린내 나는 참극과 정확히 때를 같이 하여

한 분은 폴란드 원정에서, 또 한 분은 영국에서 오셨으니,

이 시신들을 모두가 볼 수 있도록

높은 단상에 모시도록 명령하여 주십시오.

415 그리고 이 참변이 어떻게 일어났는지 아직 모르는

세상 사람들에게 설명하게 해 주십시오.

육욕에 물들고 피비린내 나는 패륜의 행위들,

우발적인 판단들과 뜻하지 않은 살인들,

교활하고 고의적인 술책으로 빚어진 죽음들,

420 그리고 자신이 꾸민 계략에 스스로 머리를

맞게 된 경위에 관해서 듣게 될 것입니다.

이 모든 것을 사실대로 말씀드리겠습니다.

포틴브라스 그 경위를 어서 말하시오.

그리고 중신들도 불러 듣게 합시다.

425 나는 애도하는 마음으로 이 행운을 받아들이겠소.

이 왕국에 대해선 나도 오래된 권리를 가지고 있으니

이 기회에 내 권리를 요구하는 것이오.

호레이쇼 거기에 관해선 저 역시 드릴 말씀이 있습니다.

많은 사람들의 지지를 이끌어낼 분이 하신 말씀입니다.

430   그렇지만 방금 말씀드린 일부터 처리하십시오.

민심이 흉흉한 틈을 타 음모나 오해로

또 다른 불상사가 일어나지 않게 하기 위해서입니다.

포틴브라스 부대장 네 명이

햄릿 왕자를 군인으로 예우하여 단상 위에 모셔라.

435   그분이 보위에 오르셨다면

참으로 훌륭한 왕이 되셨을 것이다.

그분이 떠나는 마지막 길에

군악과 군례가 크게 울려 퍼지도록 하라.

시신을 거두어라. 이런 광경은 전장에서나 걸맞지

440   여기서는 어울리지 않는다.

가서 병사들에게 조포를 쏘라 하라.

모두 행군하며 퇴장, 뒤이어 조포가 울린다

생애와 작품에 관하여

역사상 최고의 작가를 꼽으라고 하면 대부분의 사람들이 주저 없이 말하는 사람이 있다. 바로 "사느냐 죽느냐, 그것이 문제로다."라는 명대사를 쓴 윌리엄 셰익스피어. 사실 그에 대해 알려진 사실은 그리 많지 않다. '그에 관한 대부분의 이야기 중 진실은 5퍼센트에 불과하고 나머지 95퍼센트는 억측이다.'라는 말도 있을 정도로 우리가 알고 있는 셰익스피어는 극히 일부분일지도 모른다.

하지만 그에 관한 확실한 이야기들도 남아 있다. 그는 영국 미들랜드에 위치한 작은 마을 스트래트퍼드어폰에이번Stratford-Upon-Avon이라는 상업 도시에서 태어났다. 정확한 생일은 알 수 없지만, 1564년 4월 26일에 유아세례를 받았다는 기록이 남아 있다. 아버지는 장갑 제조업자였으며 시의회에서 요직을 맡고 있어 지역에서는 꽤 영향력을 행사하는 사람이었기에 유복한 유년시절을 보냈다.

셰익스피어는 지역에 있는 문법학교를 다니며 그곳에서 라틴어, 수사법, 고전 시에 대해 배우며 탄탄한 기초를 쌓기 시작했다. 이때의 교육이 훗날 그가 글을 쓰는 데에 큰 도움을 줬음은 분명하다.

1582년에는 여덟 살 연상인 앤 해서웨이와 결혼하였고 1583년에는 딸 수잔나를, 1585년에는 아들딸 쌍둥이인 햄넷과 주디스를 낳았다. 당시에는 이미 아버지의 사업 운이 기울어 있던 터라 본인이 직접 생계를 책임져야 했으나 그가 어떻게 가족을 부양했는지에 관해서 알려진 사실은 없다.

지금도 대부분의 청년들이 답답한 시골 소도시를 벗어나 중앙 대도시에서 꿈을 펼치기 원하듯이 셰익스피어도 공연 사업 쪽에서 출세하기 위해 도시로 나갔는데 1580년대 후반 런던에서는 배우가 인기를 얻고 부와 명성을 일구는 현상이 일어나고 있었다. 셰익스피어의 생애를 돌아볼 때 당시 그가 어떤 삶을 살고 있었는지에 대한 기록은 전혀 없으나 일각에서는 윌리엄 셰익셰프트William Shake-shafte라는 인물에 대한 기록을 토대로 그가 영국 북부에서 배우로 활동한 것이 아닌가 추측하기도 하지만 어디까지나 추측일 뿐이기도 하다.

작가이기 전에 배우였던 셰익스피어는 단역 배우로 활동을 시작했을 것으로 추정되지만 자신이 위대한 배우가 되기에는 많이 부족하다는 것을 깨닫는 데에는 그리 오래 걸리지 않았던 것으로 보인다. 대신, 오래된 극에 자기만의 색을 입혀 새로운 생명을 불어넣고 진부한 극에 새로운 캐릭터와 극전 반전을 추가하면서 흥행 공식을 세워 나갔다.

그는 문학성과 대중성을 동시에 확보한 최초의 작가이기도 했다. 왕실과 대중 모두를 만족시키는 극을 쓰기란 쉬운 일이 아님에도 비극과 희극, 그리고 사극까지 넘나드는 작가였던 것이다. 덕분에 그는 그동안 많은 작가들이 자신의 작품을 헐값에 팔아야 했던 비극적인 현실을 개선한 작가가 되기도 했다. 흥행 수익의 일정 비율을 보수로 받았으며 주식회사 형태의 극단〈체임벌린 경의 사람들 Lord Chamberlain's Men〉을 설립해 작품을 썼고 작품에 대한 저작권료를 받았다. 그리고 셰익스피어 자신도 배역을 맡아 활동을 하기도 해 출연자 명단에 이름을 올리기도 했다.

현재 전해지는 그의 작품은 희곡 28편, 소네트 154편, 장시 2편 등이 있고 제목만 남아 있는 작품도 있다. 시와 연극 형식 모두를 넘나드는 그의 능력은 왕실에서도 높게 평가하는 부분이었으며 비극과 역사극을 새로운 방식으로 발전시키기도 했다. 런던 문학계에 정통한 케임브리지 대학 출신 프랜시스 미어스Francis Meres는 장르를 넘나드는 셰익스피어의 탁월함에 대해 다음과 같이 찬사를 보냈다.

라틴어 권에서 플라우투스Plautus와 세네카Seneca가 희극 및 비극에서 최고로 손꼽히듯, 영국인들 사이에서는 셰익스피어가 두 분야의 무대 공연에서 최고의 인물로 인정받는다. 희극으로는《베로나의 두 신사》,《실수 연발》,《사랑의 헛수고》,《사랑의 노고의 승리》,《한여름 밤의 꿈》,《베니스의 상인》을, 그리고 비극으로는《리처드 2세》,《리처드 3세》,《헨리 4세》,《존왕》,《타이터스 앤드러니커스》,《로미오와 줄리엣》을 보라.

셰익스피어가 과대평가 되었다고 지적하는 목소리도 있다. 사실 그가 쓴 많은 작품 가운데 순수 창작물은 몇 편에 불과하고 대개는 입에서 입으로 전해지는 이야기나 널리 알려진 소설과 희곡을 각색한 것들이 많기 때문이다. 그러나 당대에는 표절이나 모방은 비교적 흔한 기법이었으며 셰익스피어가 각색한 작품이 지닌 문학적 가치와 예술적 기교까지 무시할 수는 없을 것이다.

그는 약강 5보격 운문을 활용하여 마법 같은 문장을 만들어 냈고, 시의 고저와 외설적 유머의 깊이를 자유자재로 다루며 전하고자 하는 바를 재치 있게 표현했다. 언어를 통해 복잡한 인간 성격을 탐구하며 다양한 분위기를 창조했으며 복잡한 플롯을 구축하면서도 관객이 그것을 이해하는 데에 무리가 없도록 표현하는 데에 천부적인 재능을 선보였다.

그가 작품을 통해 선보인 신조어만 해도 2천여 개에 달하는데, 그가 작품에 쓴 단어 수가 2만여 개 임을 고려한다면 어마어마한 숫자임에 틀림없다. 그가 만들어 낸 갖가지 표현들은 현재에도 살아남아 다양한 관용어구가 되어 쓰이고 있다. 예를 들어 "살과 피flesh and blood - 혈육", "더러운 행실foul play - 반칙", "젊은 시절salad days - 호시절" 등이 그것이다. "가령 우리가 입만 열었다 하면 열 마디 중에 한 마디가 신조어라고 생각해 보라."라고 한 빌 브라이슨William McGuire Bryson의 말은 셰익스피어가 가진 언어적 천재성이 어떠한 것이었는지를 단적으로 보여준다.

게다가 그가 만들어 낸 인물들의 면면을 살펴보라. 중세 연극에서 흔하고 흔했던 평면적 인물들은 사라지고 햄릿, 이아고, 맥베스 같은 입체적인 인물들이 등장하며 이야기에 힘을 실어 준다. 결국 관객들은 그의 연극을 보고 본인이 극의 등장인물이 된 것처럼 이야기에 빠져 들며 더욱 열광하게 되는 것이다. 평론가인 해럴드 블

룸Harold Bloom은 셰익스피어 작품에 나오는 등장인물들을 가리켜 이렇게 단언한다. "그들은 물론 허구의 존재이다. 하지만 그 사실성은 우리의 사실성을 능가한다."

그는 배우로서 성공하겠다는 큰 꿈을 품고 런던으로 진출한 1580년대 말, 단역 배우로 활동하면서 본격적으로 극을 집필한 것으로 보인다. 1594년에는 시종장관 극단인 〈체임벌린 경의 사람들Chamberlain's Men〉의 일원이 되어 사람들 앞에 서기도 했으며 1599년에는 극단 동료들과 함께 〈글로브 극장The Globe〉을 설립하여 공동 소유주가 되었다. 셰익스피어는 문화를 사랑하고 예술가에 대한 후원을 아끼지 않던 엘리자베스 여왕 덕분에 많은 혜택을 받고 다양한 작품들을 집필하고 무대에 올릴 수 있었다. 1603년에 여왕이 죽고 즉위한 제임스 1세 또한 〈체임벌린 경의 사람들〉이라는 극단을 직접 후원하고 나섰고 그의 후원 하에서 시종장관 극단은 국왕 극단인 〈King's Men〉이 되어 다른 경쟁 극단들보다 훨씬 많이 궁정에서 공연할 수 있는 혜택을 누릴 수 있었다.

당시에는 타자기나 복사기가 없었기에 극단 단원들에게 새 작품을 알려 주는 방법이라고는 극작가가 자신이 쓴 대본을 처음부터 끝까지 읽어주고 배우들이 역할을 이해할 수 있도록 하는 것이었다. 셰익스피어는 작품을 쓴 작가로서 배우들을 지도했을 것이며 극에 사용될 소품이나 배우들의 의상, 극의 효과 등에 대해서도 꼼꼼히 살피는 임무를 갖고 있었을 것이다. 그가 직접 연기를 위해 무대에 올랐다는 공식적인 기록은 없지만 그에 관해 남아 있는 몇 안 되는 기록들을 두고 연구하는 학자들에 의하면 셰익스피어 본인은 종종 왕 역할을 맡기도 했던 것으로 보인다.

셰익스피어의 작품은 장르별로 크게 희극Comedies, 비극Tragedies, 역사극Histories으로 나눌 수 있는데 어느 한 분야 치우치지 않고 고르게 문학성과 대중성을 확보했다는 데에도 의의가 있다. 그가 시대와 시절을 넘어 아직까지도 많은 나라에서 사랑 받으며 영미문학의 대가로 추앙 받는 이유가 바로 여기에 있다. 그가 쓴 작품들은 미술과 음악에도 지대한 영향을 끼쳐 그의 작품을 토대로 한 또 다른 작품 세계가 만들어질 정도다.

이 천재적인 작가는 1616년, 원인을 알 수 없는 이유로 52세의 삶을 마감하게 되었고, 그가 죽고 난 뒤에 동료 배우들은 그가 남긴 작품들을 모아 《희극, 역사극, 그리고 비극》이라는 전집의 공인본을 만들어 1623년에 대형 이절판으로 출판했다. 사람들은 이 책에도 열광했고 지금까지도 다양한 판본으로 전해지며 그의 명성을 이어주고 있다.

> 그대의 책이 살아 있는 한 예술이 살아 있고
> 우리에게는 읽을 지혜와 보낼 찬사가 있으니……
> 그는 한 시대가 아닌 전 시대의 작가이다!

-이절판 권두에 두 편의 찬양시를 기고한 동료 극작가
벤 존슨의 추모 글

윌리엄 셰익스피어 작품 연보

1589-1591 《페버셤의 아든Arden of Faversham》(부분 집필 가능성 있음)

1589-1592 《말괄량이 길들이기The taming of the Shrew》

1589-1592 《에드워드 3세Edward the Third》(부분 집필 가능성 있음)

1591 《헨리 6세 2부The Second Part of Henry the Sixth》(원제는 《두 명문가 요크가와 랭커스터의 분쟁 1부》이었으며 공동 집필 가능성 있음)

1591 《헨리 6세 3부The Third Part of Henry the Sixth》(원제는 《요크 공 리처드의 비극》이었으며 공동 집필 가능성 있음)

1591-1592 《베로나의 두 신사The Two Gentlemen of Verona》

1591-1592 《타이터스 앤드러니커스The Lamentable Tragedy of Titus Andronicus》(조지 필과 공동 집필, 혹은 조지 필의 이전 판본 개작, 1594년에 개작된 것으로 추정)

1592 《헨시 6세 1부The First Part of Henry the Sixth》(토머스 내시와 다른 작가들과의 공동 집필로 보임)

1592/1594 《리처드 3세King Richard the Thrd》

1593 《비너스와 아도니스Venus and Adonis》(시)

1593-1594 《루크리스의 능욕The Rape of Lucreece》(시)

1593-1608 《소네트sonnets》(시 154편, 저자 문제로 논란이 불거진 시 《연인의 불평 A lover's Complaint》과 함께 1609년 출판됨)

1592-1594/ 《토머스 모어경Sir Thomos More》(앤서니 먼데이 원작의 희곡을 위해
1600-1603 단일 장면 집필, 헨리 체틀, 토마스 데커, 토머스 헤이우드에 의해 개작됨)

1594 《실수 연발The Comedy of Errors》

1595 《사랑의 헛수고Love's Labour's Lost》

1595-1597 《사랑의 노고의 승리Love's Labour's Won》(다른 희극의 원제가 아니라면 소실된 작품)

1595-1596 《한여름 밤의 꿈A Midsummer Night's Dream》

1595-1596 《로미오와 줄리엣Romeo and Juliet》

1595-1596 《리처드 2세King Richard the Second》

1595-1597 《존 왕The Life and Death of King John》(더 이전에 쓰인 작품일 가능성이 있음)

1595-1597 《베니스의 상인The Merchant of Venice》

1595-1597 《헨리 4세 1부The First Part of Henry the Fourth》

1595-1598 《헨리 4세 2부The Second Part of Henry the Fourth》

1598 《헛소동Much Ado About Nothing》

1598-1599 《열정적인 순례자The Passionate Pilgrim》(시 20편, 일부는 셰익스피어의 작품이 아님)

1599 《헨리 5세The Life of henry the Fifth》

1599 《여왕 폐하에게To the Queen》(궁정 공연의 에필로그)

1599 《뜻대로 하세요As You Like It》

1599 《줄리어스 시저The Tragedy of Julius Caesar》

1600-1601 《햄릿The Tragedy of Hamlet, Pince of Denmark》(이전 판본의 개작으로 보임)

1600-1601 《윈저의 즐거운 아낙네들The Merry Wives of Windsor》(1597-1599 판본의 개작으로 보임)

1601 《목소리 큰 새가 노래하게 하라Let the Bird of Loudest Lay》(1807년 이후 《불사조와 거북The Phoenix and Turtle》으로 알려져 있음)

1601 《십이야Twelfth Night, or What You With》

1601-1602 《트로일로스와 크레시다The Tragedy of Troilus and Cressida》

1604 《오셀로The Tragedy of Othello, the Moor of Venice》

	《자에는 자로Measure for Measure》
1605	《끝이 좋으면 다 좋아All's Well That Ends Well》,
1605	《아테네의 티몬 The Life of Timon of Athens》(토머스 미들턴과 공저)
1605-1606	《리어 왕The Tragedy of King Lear》
1605-1608	《4편의 희곡 모음집》에 기여(대부분 토머스 미들턴이 집필한 《요크셔 비극》 외에는 소실되었음)
1606	《맥베스The Tragedy of Macbeth》(현존하는 텍스트에는 토머스 미들턴이 추가한 장면이 포함되어 있음)
1606-1607	《안토니와 클레오파트라Antony and Cleoptra》
1608	《코리올레이너스The Tragedy of Coriolanus》
	《페리클레스Pericles, Prince of Tyre》(조지 윌킨스와 공저)
1610	《심벌린The Tragedy of Cymbeline》
1611	《겨울 이야기The Winter's Tale》
1611	《템페스트The Tempest》
1612-1613	《카르데니오Cardenio》(존 플레처와 공저, 루이스 시어볼드의 《이중기만Double Falsehood》이라는 제목으로 나중에 개작된 판본으로만 남아 있음)
1613	《헨리 8세Henly VIII : All Is True》
1613-1614	《두 귀족 친척Two Noble Kinsmen》(존 플레처와 공저)